KB054056
카와 고스트
Hiten

생일

선물 교환

문득, 아야세 양이 시야에 들어왔다.
몸을 앞으로 내밀며 화면에서 눈길을 떼지 못하고 있었다.
그녀의 볼에 한 줄기 눈물이 흘러서 떨어졌다.
나는 황급히 스크린으로 고개를 되돌렸다.
봐선 안 되는 것을 보고 만 것 같은 기분이야.
동시에, 내 마음에 하나의 감정이 솟아올랐다.
이 사람을 소중히 여기고 싶다.
그런 마음이었다.

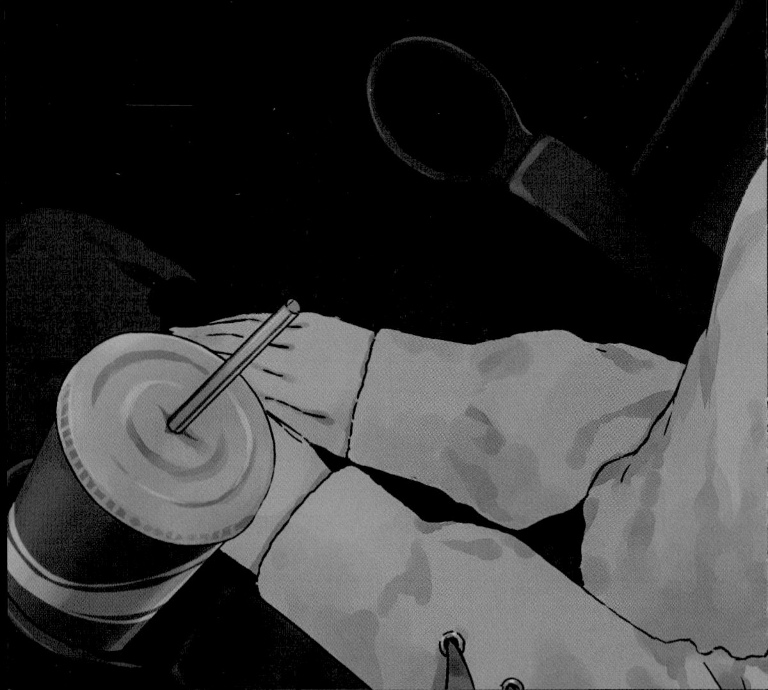

아사무라 가 가계도

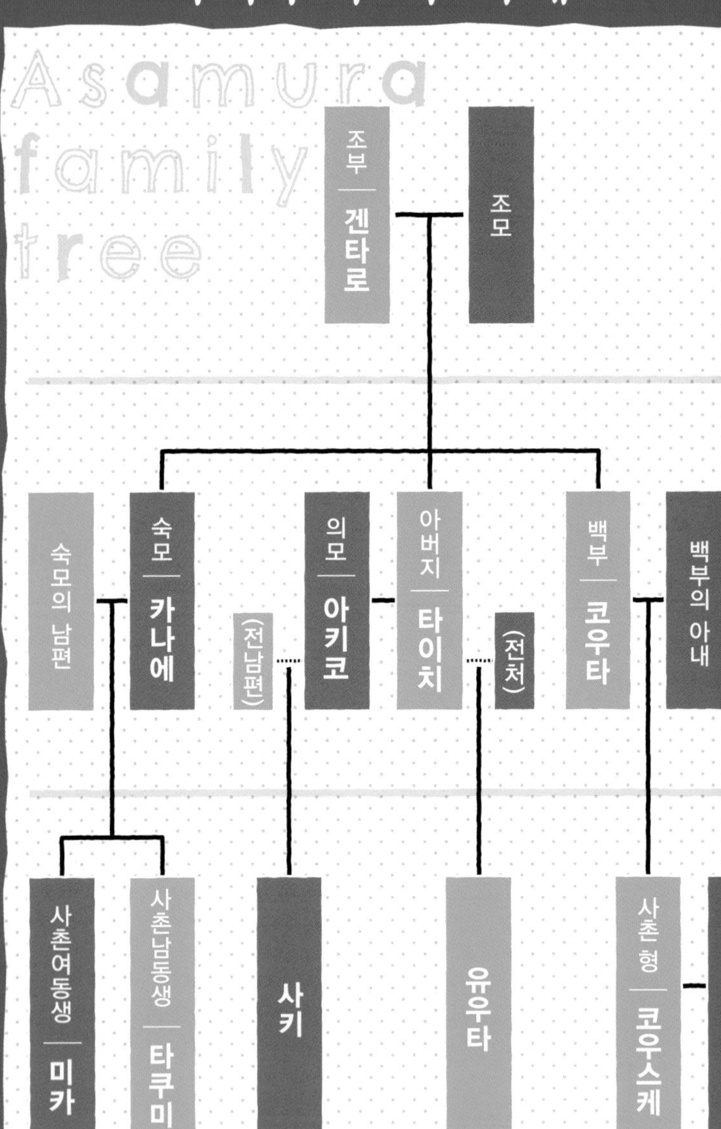

Asamura family tree
조부 겐타로
조모
숙모의 남편
숙모 카나에
(전남편)
의모 아키코
아버지 타이치
(전처)
백부 코우타
백부의 아내
사촌여동생 미카
사촌남동생 타쿠미
사키
유우타
사촌형 코우스케

의매생활

Days with my Step Sister

6

저자
미카와 고스트
일러스트
Hiten
옮긴이
박경용

Contents

Days with my Step Sister

부족한 곳 없는 완벽한 눈의 결정보다도,
녹아서 무너지고 남은 것에 「영원」이 깃든다.

●프롤로그 아사무라 유우타

심야의 거실.

겨울의 추위에 저항하여 온풍기가 열심히 소리를 내고 있었다.

그 소리에 맞춘 것처럼, 나는 낮게 신음하면서 물리 문제집을 풀고 있었다. 테이블 위를 더듬어, 손에 닿은 컵을 들고서 안을 보지도 않고 들이켰다.

—응?

입 안에 아무것도 흘러들지 않는 것을 깨닫고 집중력이 끊어졌다.

커피 잔이 텅 비었다.

열심히 기울였더니, 마지막 몇 방울이 입술에 닿았다. 그러나 그 뒤로 1밀리미터도 떨어지지 않았다.

밤도 늦었다.

한 잔 더 마시게 되면 잠을 못 잘 것 같은데…… 어쩐다.

심야 공부의 동반자로 어떤 음료를 마실 것인가? 집중이 끊어진 둔한 머리로 나— 아사무라 유우타가 생각하고 있는데, 등 뒤에서 「어머?」 하는 소리가 들렸다.

나는 뒤를 돌아보았다.

아야세 양— 반년 전부터 의붓 여동생이 된, 같은 나이의 여자애가 서 있었다.

"아아, 미안. 온풍기 소리, 신경 쓰였어?"

"그렇진 않아. 문도 닫혀 있었고. 그냥, 늦은 시간인데 거실에 있어서. 조금 놀랐어."

그 말을 듣고 시선을 들어 시계를 보자 밤 11시를 조금 넘었다. 여느 때라면 내 방에 틀어박혀있을 시각이다.

"코코아 마실래?"

내가 들고 있던 빈 컵을 가리키면서 아야세 양이 말했다.

"마시고 싶어."

"그러면, 타줄게. 나도 마실 거니까."

"고마워."

아야세 양은 전기 주전자의 스위치를 켜고서, 싱크대 옆의 식기 선반에서 코코아 파우더 캔, 본인의 컵과 큼직한 머그컵을 하나 더 꺼내서 의자에 앉았다.

그동안 나는 냉장고를 열고 우유를 꺼냈다. 내 컵도 가볍게 물로 씻어냈다.

아야세 양한테 받은 큼직한 머그컵에 우유를 따라 전자레인지에 넣었다. 그러고 전자레인지의 『우유』라고 적힌 버튼을 눌렀다.

그동안 아야세 양은 코코아 파우더와 설탕을 식기 선반에서 꺼낸 그녀의 컵에 넣고 섞었다. 전기 주전자로 데운 물을 소량 넣고 페이스트가 되도록 젓는다. 평소에는 쿨한 그녀가, 지금은 어린애처럼 무심하게 휘휘 스푼을 젓고 있었다.

띵. 전자레인지 소리가 났다.

"다 데웠어."

"고마워."

아야세 양은 자기 컵에 만든 코코아 페이스트 절반을 내 컵으로 나눠 담고, 데운 우유를 조금씩 더했다.

"버터 같은 걸로 맛을 더하면 훨씬 맛있을 텐데."

"그렇게까지 본격적이 아니라도 괜찮아."

"그렇지, 밤도 늦었으니까. 그건 그렇고, 거실에서 공부를 하다니 희한하네?"

코코아를 섞으면서 아야세 양이 물었다.

"내 방에서 했었는데 말이야. 집중이 잘 안돼서 장소를 바꿔봤어. 환경을 바꾸면 기분도 바뀔 것 같아서."

"그렇구나. 조금 알 것 같아."

내 말에 아야세 양이 수긍하더니, 다 섞은 코코아를 내 앞에 두었다.

"자, 여기."

"고마워."

아야세 양이 이번에는 자기 코코아를 섞기 시작했다. 수수한 일이지만, 이럴 때 반드시 상대 것부터 만들어주는 게 그녀답다. 반대로 금방 식는 거라면 자기 걸 먼저 만들고, 상대한테 따뜻한 것을 내어 주겠지.

아야세 양이랑 살게 되면서, 나는 주변 사람의 태도에 이것저것 신경을 쓰게 된 것 같다.

"응, 다 됐다."

아야세 양이 만족스럽게 컵에 입을 대고, 기울였다.

그녀의 목이 움직였다. 눈가가 사르륵 아주 약간 내려갔다.

나도 컵에 입을 댔다.

"응. 맛있어."

"먼저 마셔도 되는데."

"맛있다는 감상의 스포일러가 되면 가엾잖아."

내 말에 아야세 양이 「실없기는」이라면서 쓴웃음을 지었다.

코코아의 향을 코끝으로 느꼈다. 시간이 천천히 흘러간다.

둘이서 컵을 기울였다.

"그건 그렇고, 추워졌네."

"벌써 12월이니까."

그렇게 말하면서 코코아를 마시는 그녀의 입술에, 내 시선은 어쩔 도리가 없이 빨려 들어갔다.

나는, 저 분홍빛 입술에…….

핼러윈 밤의 일을 떠올리자, 지금도 볼이 뜨거워진다.

우리는 서로 연인다운 접촉을 바라고 있다. 그날 밤의 키스를 통해 그 마음을 서로 확인했다.

가을 무렵에는, 체온을 느낄 정도의 거리에 있으면 그것만으로 행복을 느꼈다.

그런데 계절이 하나 바뀔 정도의 시간밖에 안 지났는데, 이제 곁에 있는 것만으로는 참을 수 없어졌다. 사람은 행복에마저 익숙해져 버리는 것일까?

다만 그 뒤로 금방 기말고사 기간에 접어들어 버린 탓에, 키스는 그때 한 번뿐이었다.

나도 아야세 양도 서로 내신을 중요하게 생각하고 있으니, 좋은 점수를 받기 위해 단단히 선을 긋자고 대화를 나눴다.

그리고, 사람들 눈에 띄지 않는 타이밍이 필요하기도 했다.

나랑 아야세 양은 고교생이며 남매이기도 하니까, 생활 공간을 부모와 공유하고 있다.

이 상황에서 오빠와 여동생의 틀을 넘어선 행위를 집에서 하는 것은, 생판 남인 연인보다도 오히려 난도가 높다.

나는 코코아를 목 안쪽으로 흘려 넣으며 생각했다.

조금 더 서로에게 닿을 찬스를 늘릴 수는 없을까?

그러고 보니, 문득 떠올렸다.

12월은 내가 태어난 달이다. 그리고, 아야세 양이 태어난 달이기도 하다.

생일이 언제였나에 대한 이야기가 나와, 내 생일이 13일이고 아야세 양이 20일이라고 가족끼리 확인한 것이 불과 지난 주였다.

그리고 예상대로, 그러면 12월 24일에 다 같이 축하를 하자고 물 흐르듯 정해졌다.

평소와 다른 게 없네. 나도 아야세 양도 무심코 웃어 버렸다.

"왜? 뭔가 재밌는 거 생각났어?"

아야세 양이 고개를 갸웃거렸다.

"아아, 그래. 그런 셈이지."

"흐응~?"

아야세 양은 무심코 웃은 이유를 묻지 않고 자리를 떴다. 코코아가 담긴 컵을 양손으로 데우는 것처럼 감싼 채 자기 방으로 갔다.

뭔가 생각났는지, 빙글 돌아서더니 살금살금 발소리를 내면서 테이블로 돌아왔다.

"있잖아. 생일 말인데."

"어?"

심장이 두근, 하고 뛰었다. 좋아하는 사람이 같은 것을 같은 타이밍에 생각했다는 것만으로, 신기하게 가슴이 따스해진다.

"우리끼리 정도는, 당일에 축하하지 않을래?"

"13일이랑 20일에 말이야?"

"그래. 우리들은 서로, 당일에 축하 받은 적이 없잖아."

"없었, 지."

"그렇지? 그러니까, 나는 말이야. 남매로서가 아니라, 그게…… 생일을 지내고 싶은 기분이 들어서."

무슨 말을 하고 싶은지는 이해된다. 나도 마찬가지니까.

"알겠어."

"그래서 말이야. 조금 이야기하고 싶은 게 있어서."

아야세 양이 「시험이 끝나면 말할까 생각했는데」라고 서두를 두고서 이야기해준 것은, 핼러윈 무렵에 나눈 아야세 양과 아버지의 대화였다.

『설령 법을 어겨도, 물론 제대로 된 벌을 받는 게 대전제고, 가족이라는 것을 부정하지는 않아. 절대로.』

그런 식으로 우리를 아버지가 말해줬다는 걸 듣고, 나는 『너무 멋 부리잖아』라며 마음속으로 태클을 걸었다.

"아키코 씨도 내가 물어보면, 같은 말을 하지 않을까? 아야세 양 앞에서는 말 안 하겠지만."

"그럴지도."

말은 담백했지만, 볼이 살짝 풀어진 걸 알 수 있다.

이건 아마 기쁜 거겠지.

"하지만, 나, 그때 조금 생각했어."

그때 아야세 양이 말을 한 호흡만 삼켰다. 말할까 말까 망설이는 표정으로. 하지만, 결국은 입을 열었다.

"우리 가족이라면, 나랑 아사무라 군의 관계를 인정해줄지도 모른다고."

그 말에 나는 생각했다.

그럴지도 모른다.

"아버지는 싫다면 싫다, 안 되면 안 된다고 말을 해줄 거야. 그래 보여도 좀 뻔뻔스런 면이 있으니까, 괜찮을지도 몰라—."

전의 부부 관계가 파탄 났을 때도, 아버지는 내 앞에서 약한 소리를 하지 않았다.

미안하다고, 사과는 했지만.

"하지만 아키코 씨가 복잡한 마음을 품었을 때, 그걸 말해줄지 아닐지…… 나는 아직, 확신이 없어."

"새아버지는 괜찮을 거라고 생각하지만, 우리 엄마에 대해서는 괜찮다고 생각할 수가 없구나. 이유를 물어봐도 돼?"

"내가 두려워하는 건 아키코 씨가 재혼을 후회하는 거야."

"하지만, 아사무라 군. 그 두 사람이라면—."

"아키코 씨가 그런 사람이 아니란 것도, 머리로는 알고 있어. 다만 전의 어머니는, 불만을 표정에 드러내지 않는 사람이라서. 아키코 씨도 표정에 드러내지 않는 것뿐이지 무슨 불만을 쌓아두고 있는 게 아닐까…… 그 가능성을 도저히 생각하지 않을 수가 없어."

"그렇지는—."

—않다고, 말하고 싶었을 아야세 양은 버텼다.

그 자제심에는 고개가 숙여진다.

내가 가진 싫은 기억을 기반으로 일방적인 패턴을 끼워 맞추고 있을 뿐이지, 아키코 씨에게 무척 실례되는 이야기라고 생각한다.

그렇지만, 아버지와 아키코 씨 사이의 애정이 있는 지금이니까 잘 되고 있는 것뿐이 아닐까? 라는 감각은 어쩔 수 없이 나에게 달라붙어 있다. 겉으로만 납득했지 보이지 않는 불만을 품고 있을 가능성은 마음을 읽을 방법이 없는 이상, 확실하게 부정할 수 없다.

마음속으로만 불만을 품어온 결과 어떻게 되는지, 나는 잘 알고 있다.

아버지랑 어머니가 내 앞에서 다툼을 멈춘 것은 생일을 축하하는 날뿐이었다.

아야세 양이 짧게 숨을 들이쉬고, 그리고 말했다.

"나도 마찬가지였어."

퍼뜩 정신이 들었다. 그렇구나. 아버지가 재혼한 걸 후회하면, 아야세 양도 슬프겠지.

"나도, 새아버지랑 얘기를 할 때까지, 아사무라 군이랑 같은 불안을 품고 있었어."

"그렇, 구나."

"응. 하지만……. 그래서 엄마랑 얘기를 해보라고는, 말 안 해. 그래서 같은 말을 들어도, 아사무라 군은 내가 아니잖아. 나랑 같은 마음이 될 거라고는 장담 못해."

"그렇네. 그렇겠지."

"그러니까. 아직 무리해서 커밍아웃을 할 필요는 없다고 생각해."

아야세 양이 말하고 웃었다.

그 표정은 「괜찮아」라고 말하는 것 같아서 마음이 훌쩍 가벼워졌다.

"생일 축하에 대한 자세한 얘기는 나중에 해. 그럼, 다시 공부하러 갈게."

"그래. 나는 조금 더 여기서 공부할게."

"조금은 쉬면서 해."

"아야세 양도."

하얀 카디건을 걸친 등이 문 너머로 사라졌다.

나는 한숨을 쉬고 컵을 들이켰다.

바닥에 남은 코코아 가루가, 목에 달라붙어서 도무지 삼킬 수가 없었다.

●12월 11일 (금요일) 아사무라 유우타

수업 종료를 알리는 종소리가 스피커에서 흘러 나왔다.

교사의 모습이 복도로 사라지자, 많은 학생들의 수다 떠는 목소리와 함께 부 활동을 하러 가거나, 혹은 놀러 가기 위해 덜커덩거리며 의자를 박차고 움직이기 시작했다.

기말고사 성적이 모두 나왔기 때문인지, 어쩐지 후련한 표정들이다.

눈앞에 있는 커다란 등도 쑤욱 일어서더니 가방을 붙잡았다. 아마도 평소처럼 야구부 연습을 하러 가는 거겠지. 그렇게 생각했는데—.

“아아, 그렇지. 아사무라.”

나에게 말을 걸어와 놀랐다.

평소에는 인사도 대충 하고서 연습하러 가는 마루치고는 드문 일이다.

“뭔데?”

“이제부터 부 활동인데, 잠깐 부실까지 같이 안 갈래?”

“어? 부실에? 왜?”

“너한테 줄 게 있어서 말이다.”

“뭐…… 좋아.”

딱히 용건이 있는 것도 아니니까.

그렇게 생각하며 마루를 따라갔다. 곧장 돌아갈 수 있게 가방도 들고 왔다.

걸으면서 복도의 창으로 시선을 보내자, 교사 옆에 늘어선 나무들은 모두 이파리가 떨어져 있었다. 겨울이구나 생각했다.

말라버린 나무들 너머로 좁은 안뜰을 내려다볼 수 있다. 수풀을 만들고 있는 상록수만 녹색이 남아 있고, 설치된 벤치에는 아무도 없었다. 잔디 한구석에서, 가을이 잊고 간 낙엽 한 장만 휘몰아치는 바람이 빙글빙글 돌리고 있었다.

"그러고 보니, 마루는 이번 시험 어땠어?"

"응? 총합 828점이야."

"역시 대단하네."

운동부 1군을 유지하면서 이 점수라니 대단하다니까.

내 합계점수는 819였다.

"아직 마루는 이길 수가 없네. 이번에는 꽤 열심히 했다고 생각했는데."

"흠. 그러나 나를 기준으로 삼을 필요는 없겠지."

"뭐, 그렇지."

지난번 정기 시험과 비교해도 상당히 올랐다. 마루하고의 차이도, 지금까지와 비교하면 착실하게 줄어들고 있다.

"여름쯤이었지, 네 성적 오르기 시작한 건?"

"그러면, 하기 강습 성과일 거야."

"그것뿐이냐?"

"어?"

"아니, 뭐 됐다."

그리고 마루는 아무 말 없이 내 앞을 걸었다.

승강구로 나서자, 바람의 차가움에 무심코 몸을 움츠렸다. 손가락이 시렸다. 운동부원들은 이 추위 속에서 저녁 가까운 시간까지 연습을 하니까 참 대단해. 귀가부인 나에겐 도저히 흉내 낼 수 없다. 그렇게 생각하면서 걷는데, 눈에 부실동이 보이기 시작했다.

싸구려 빌라 같은 구조의 2층 건물이었다. 1층, 2층의 부실은 모두 운동부가 점유하고 있으며, 야구부는 교정에서 가장 가까운 방을 차지하고 있었다.

문을 열고 처음에 느낀 것은 땀 냄새였다.

뒤이어 그것을 얼버무리려는 듯 피어오르는 감귤계의 스프레이 냄새.

벽을 뒤덮으며 늘어선 선반에는 부원들의 도구가 들어 있었다. 각자의 성격이 반영되어 그런지, 제대로 정리되어 있는 선반이 있는가 하면 스파이크와 글로브가 뒤엉켜서 들어 있는 선반도 있었다.

부실의 구석에는, 우산꽂이 같은 상자에 금속제 배트가 여러 개 담겨 있었다.

연습복으로 갈아입으면서 담소를 나누고 있던 부원들이

마루를 발견하고, 입을 모아 인사를 했다.

마루랑 같이 들어온 나한테도 마찬가지로 예의 바르게 인사를 한다. 같은 반의 아사무라라고 마루가 소개를 하자, 나도 작게 인사를 했다. 초면인데 후배로 보이는 부원들이 존경을 포함한 눈으로 보는 것은, 마루의 친구이기 때문일까? 내가 명백하게 이물질인 것을 자각할 수 있어서, 꿔다 놓은 보릿자루 같은 기분이 되어 버린다.

멍하니 입구 근처에서 기다리고 있는데, 부실을 성큼성큼 가로지른 마루가 사물함에 넣어둔 종이 가방을 꺼내고 대신 가방을 던져 넣었다.

그 짧은 시간에도, 동급생과 후배들이 마루한테 친근하게 말을 걸었다.

짧은 거리를 왕복하기만 해도 몇 번인가 말을 걸고 붙잡혔다.

"기다렸지?"

"아니, 전혀."

친구의 좋은 모습을 보고 나쁜 기분은 안 든다. 내 일이 아니라도 기뻐진다.

"그래서, 줄 게 뭔데?"

"아아, 이거다. 교실에 두기엔 조금 그런 거라서."

옆구리에 낄 만한 종이 가방이었다. 받고서 슬쩍 안을 보았다. 만화 단행본이 들어있었다. 그것도, 제일 널리 보급되어 있는 신서판(정확하게는 소B6판, 112밀리미터×174밀리미터)이 아니라, B6판(128밀리미터×128밀리미터)으로 불리는 조금 큼직한 거다. 청년 만화에 많은 판형이기도 하다.

그것이 세 권. 하긴, 만화를 교실에 들고 오긴 좀 그렇지.

"이거, 나한테?"

"내 최신 추천작이다. 이거 좋다니까! 곧 유행할 거다 대상에 추천하고 싶을 정도야."

"흐음. 그건 기대되네."

하지만, 일부러 학교에 가지고 오지 않아도 되지 않나? 부실에 숨겨둘 정도라면, 밖에서 만났을 때 주면 될 것을—이라고, 그 순간에는 생각했는데.

"포교용으로 사둔 거야. 너, 다음 일요일이 생일이잖아."

그제야 드디어 건네받은 종이 가방이 선물이라는 걸 깨달았다.

"그래서 이렇게 챙겨주는 거야?"

"재미있거든. 조금 마니악하지만."

"마루의 추천 작품 중에서, 마니악하지 않았던 게 있었나?"

"하하. 말은 잘 하시네. 나는 이래 보여도 왕도물도 즐기는 오타쿠거든. 안심하고 읽어 봐."

"그래요, 그래— 기쁘네. 고마워."

조금 놀려버렸지만, 기쁜 마음은 정말이었다.

그러나 설마 축하를 받을 줄은 몰랐다. 마루하고는 생일에 뭔가 하자는 이야기를 한 적도 없었고, 작년에는 선물 교환도 없었다. 그야말로 서프라이즈다.

그때 문득 나는 떠올렸다. 반년 정도 전이다. 마루는 누군가에게 생일 축하 선물을 보내려고 했었지. 캐물었더니 얼버무렸지만.

그런 경험이 있었기 때문일까? 갑자기 생일 선물을 줄 생각이 들다니.

다음 마루의 생일에는 나도 뭔가 선물을 해야지. 그렇게 생각했다.

"일요일에는 못 만나니까, 이틀에 줄까 생각했지."

"야구부는 일요일도 연습이었지."

"축하해주지 못해서 미안하다. 뭐, 너라면 축하해줄 녀석도 잔뜩 있겠지."

"그렇진 않아. 기쁘다니까."

"대단한 것도 아니고, 그렇게까지 신경 쓰지 마. 그럼 또 보자."

가볍게 손을 흔들고 마루는 부실 안으로 돌아갔다.

그럼 나도 돌아가야지. 그 자리에서 벗어나려고 했을 때, 부원 한 명이 다가와서 말을 걸었다.

뭐지? 의문의 눈길을 보내는 나를 향해, 동급생으로 보이는 부원이 목소리를 죽이며 말했다.

"마루 말이야. 나라사카 양에 대한 얘기, 뭐 한 거 없어?"
뜻밖의 이름이 나왔다.
"어. 나라사카…… 양이라니, 그……?"
"그래. 그 귀여운 애."
"어어……. 마루가, 나라사카 양 얘기를, 뭐?"
"사이좋게 대화하는 모습을 봤다, 라는 소문이 있거든."
"딱히 아무것도 못 들었는데."
이건 거짓말이 아니다. 실제로 나는 마루에게 아무 말도 못 들었다. 알고 있어도 사적인 사정을 대수롭지 않게 말할 생각은 없지만.
"그렇구나……."
마루 본인에게 물어봐도 얼버무리기만 해서, 무슨 이야기를 했는지도 알려주지 않을 정도라고 한다.
다만, 대화한 것 자체는 부정하지 않는다.
둘 다 성적 우수자니까, 이야기가 잘 통하는 게 아닐까—라고 생각했다는 모양이다.
"응. 알았어. 불러 세워서 미안하다."
"어어, 아냐. 실례했습니다."
고개 숙여 인사를 하고 나는 야구부 부실을 떠났다.
주륜장으로 걸어가면서 지금 들은 이야기를 떠올렸다.
마루가 나라사카 양과 사귄다, 라.
솔직히 그냥 착각일 것 같지만, 만약 그렇다면 마루도

나라사카 양도 나랑 아야세 양에게 관계를 숨기고 있다는 것이다. 숨겨진, 비밀의— 관계.

그래도 잘 생각해 보면, 연인 관계는 일부러 떠벌리고 다닐 일도 아니지.

나랑 아야세 양의 관계에 비추어 봐도, 서로 좋아하는 관계를 비밀로 하는 것은 당연한 일일지도 모른다.

오늘부터 사귀기 시작했습니다. 그런 간판을 목에 걸고 다닐 의미가—.

"잠깐만?"

없지는 않나? 사회성이 있는 동물을 생각해보면 알 수 있다. 수컷과 암컷의 관계라는 것을 무리 안에 주지시키는 것에 의미가 없는 것은 아니다. 인류도, 그렇기에 결혼이나 약혼이라는 의식을 발달시켰으니까.

그리고 누가 뭐래도 평범한 남녀가 평범하게 사귀기 시작하면, 어찌됐든 주위는 축복을 해주는 법이겠지.

축하를 해준다면, 밝힐 의미도 있다.

아니, 나라사카 양만큼 남자들에게 인기가 있는 존재라면 밝히자마자 질투하는 사람이 더 많은가? 그러면 비밀로 해두는 것도 이해가 되지만……. 아니아니아니, 아이돌이 아니니까 그렇진 않을까?

그러면, 사귀기 시작한 두 사람이 그 관계를 계속 감추는 것은 역시 좀 일그러진 행위인 게 아닐까?

아, 잠깐 이야기가 너무 비약됐다.

그리고, 현대에서 생활이나 노동을 하면서 기혼인가 미혼인가로 차별하는 것은 좋게 보지 않는 일이며……. 역시 일일이 밝힐 필요 따위 없으니까—.

"하아."

한숨이 흘렀다. 너무 생각해서 머리가 익을 것 같군.

그리고 정말로 마루와 나라사카 양이 연인으로 사귀고 있는지도 알 수 없는데 더 이상 생각을 해 봤자 소용없지.

자전거 바구니에 가방을 넣고, 페달을 힘주어 밟았다.

오늘은 알바가 있는 날이다.

12월의 해질녘. 빌딩 틈으로 보이는 하늘에는 이미 남색의 장막이 내려왔고, 시부야 센터 거리에는 반짝거리는 LED의 등불이 밝혀지고 있었다.

여기저기 장식을 한 빛과 소리와 사람이 통통 튀고 있었다.

역 앞 광장에서 전구 장식을 두른 나무들을 등진 충견 하치가 목에 빨간 리본을 건 채 어쩐지 모르게 기쁜 기색으로 가슴을 쭉 펴고 있으며, 빌딩 옥상에서 내려온 현수막은 저녁인데도 눈에 띄는 고딕체로 윈터 세일이 진행되고 있음을 더할 나위 없이 어필하고 있었다.

알바하는 서점도 마찬가지다. 빨강과 녹색과 하얀 볼이 여기저기 장식되어 있고, 출입구의 유리문에는 눈 무늬가 하얀 스프레이로 그려져 있었다.

크리스마스까지 아직 2주일이나 남았는데.

그런 걸 생각하면서 알바하는 서점에 들어갔다.

나는 가게 안을 빙 둘러보고 작게 숨을 내쉬었다.

서점이란 것은 그다지 계절 이벤트로 변화가 느껴지지 않는 소매업이라고 생각했는데, 그래도 번화가의 사람이 많아지는 이 시기는 나름대로 붐빈다. 오늘도 평소보다 붐비, 려나.

가게에 들어서자마자 점장님이 한 말에, 나는 무심코 소리를 냈다.

"어, 요미우리 선배가 아파요?"

"그래. 그래서 오늘은 너랑 아야세 양뿐이야. 조금 힘들 거라고 생각하지만 부탁한다."

"아, 네. 알겠습니다."

이 상황에서, 나랑 아야세 양 둘이서만 계산대를 돌려야 하나…… 이건 힘들겠어. 나는 기합을 다시 넣었다.

탈의실에서 옷을 갈아입고 가게 안으로 나섰다.

"죄송합니다! 늦었어요!"

그 타이밍에 아야세 양이 교복 차림 그대로 도착했다.

"괜찮아. 아직 시간 안 됐어."

근무 시간까지 10분 정도 남았다. 조바심 낼 것 없다.

계산대를 돌리고 있던 알바 동료에게 인사를 하고, 나는 일단 백야드로 갔다. 점장님을 빼고 두 명밖에 없다면, 늦게 들어오는 알바가 도착할 때까지 나랑 아야세 양이 아마도 계산대에 계속 있어야 할 거야. 재고를 확인해 두고 싶네.

"아차. 선반을 먼저 보고 올걸……."

재고의 산을 바라보면서 나는 신음했다.

입하되어 있는 잡지의 수를 알 수 있어도, 평상에 남은 수를 기억해두지 않으면 의미가 없다. 계산대 안에 있어도 PC로 재고수는 조사할 수 있지만, 체감으로 파악해둬서 나쁠 건 없다.

요미우리 선배라면, 가게에 도착하면 가게 안을 한 바퀴 죽 돌고서 사무소에 들어올 텐데.

순서를 실수했군.

입술을 가볍게 깨물면서 벽시계를 보았다. 인수인계 3분 전. 이제 와서 어찌할 수가 없다.

듬직한 선배가 없다는 것에 약간 불안을 품으면서, 나는 포기하고 계산대로 갔다.

"시간 됐습니다. 들어갑니다!"

"그래. 수고해."

"고마워. 부탁할게!"

계산대 안에 있던 두 명이 가볍게 고개를 숙이고 나갔다. 교대해서 내가 들어가고, 약간 늦게 아야세 양도 들어왔다.

서로 무슨 대화를 할 틈도 없이, 계산대에 늘어서 있던 손님이 눈앞으로 다가온다.

자연스럽게 나오는 접객용어, 익숙한 흐름으로 손님 대응을 한다. 그러나 손님 한 명이 물러나면 금방 다음 손님이 책을 내민다. 숨돌릴 틈도 없군.

오늘은 정말로 손님이 많다.

크리스마스 시즌도 가까워서 그런지, 선물용 포장을 해달라는 의뢰도 많다. 이게 또 수고가 든다. 종이 커버를 씌우는 것도 수고라면 수고지만, 선물용 포장지는 그보다 한 수 위다.

우선 보통 때의 포장지가 아니라, 크리스마스 컬러 포장지를 요구하는 손님도 많으니까, 어느 쪽 포장지로 포장해 달라고 하는지 물어볼 필요가 있다. 실제로 눈앞에 견본 포장지를 보여주고 고르도록 한다. 뭐 이 시기에는 대개 크리스마스 포장이 되지만.

포장을 하고서, 더욱이 리본을 묶는다.

가는 테이프 모양의 리본은 구겨지기 쉽지만, 빙글 감았을 때 꼬여 있으면 보기 싫으니까 다시 해야 된다. 십자로 감은 다음에 나비 모양으로 묶고 가위로 자른다. 똑바로 자르는 게 아니라, 각도를 잘 조정해서 대각선으로 잘라야 보기에 좋다.

갓 배웠을 때는 스스로 보기에도 별로였다. 지금 생각하면 미안해지네.

포장 의뢰를 받을 때마다 내심 고생이라고 느끼면서도, 나 자신이 아야세 양에게 보낼 생일 선물을 최근에 생각하고 있기도 해서, 받은 사람이 실망하지 않도록 깔끔하게 포장해줘야겠다고 생각했다.

생일 선물이라.

내 머리는, 바쁜 상황에서 도피를 하는 것처럼 손을 움직이면서도 생각하기 시작했다.

그렇지만, 뭘 선물하면 좋을지도 아직 노플랜이다.

대체 뭘 선물하면 좋을까? 어떤 거라면 아야세 양이 기뻐해줄까?

아야세 양의 친구인 나라사카 양에게 선물을 했을 때도, 그러고 보니 아야세 양에게 맡겼었다는 걸 떠올렸다. 그때는 아야세 양이 나라사카 양이 좋아하는 것을 잘 알아서 어떻게든 됐었지.

"수고했어."

점장님의 목소리가 들려서 제정신을 차렸다.

몰두하는 사이에 계산대 앞에 늘어선 손님 응대를 다 처리했다.

"이제 곧 한 명 늘어나니까, 힘내."

"네."

요미우리 선배가 없는 서점 알바가 얼마나 힘든지 나도

아야세 양도 통감했다. 매장 정비 등을 할 틈도 전혀 없고, 둘 다 거의 계산대 일을 하는 것만으로도 빠듯했다.

"바빴지. 조금 비었지만."

"아무래도 두 사람은 힘드네."

"요미우리 씨, 걱정되네."

"단순한 감기라면 좋겠지만……. 우리도 조심해야겠어."

손님의 흐름이 끊어진 것을 재서 나는 계산대를 나섰다.

"매장쪽, 보고 올게."

"부탁해."

발길을 너무 서두르지 않도록 주의하면서 나는 평상의 잡지가 얼마나 줄었는지, 선반이 얼마나 비었는지 체크했다. 그와 동시에 난처한 손님이 없는지도 둘러봤다.

얼른 계산대로 돌아가야 한다고 조바심을 내면서도 책장을 둘러보고 있는데, 예상대로 아내가 부탁했다는 후궁물 미스터리 작품을 찾는 남성이 있어 도와드렸다. 소설인 줄 알았더니 만화였고, 이건가 했더니 다른 출판사였다는 등, 찾는데 좀 고생을 해버렸다.

안내를 마쳤을 때는 계산대 앞에 손님의 줄이 길어지기 시작하고 있었다.

더 이상 매장 정비에 시간을 쓸 여유는 없겠어.

카운터로 돌아가서, 또 계산대 일에 몰두했다. 1시간 정도 뒤에 알바 멤버가 한 명 늘어나자, 그제야 우리는 한숨

돌릴 수 있었다.

알바를 마치고 가게를 나설 무렵에는 완전히 밤이 깊어졌다.

나는 자전거를 밀면서, 가로수에 일루미네이션이 밝혀진 도로를 아야세 양과 걸으며 집으로 향했다.

내쉬는 숨결이 하얗고, 핸들이 차갑다. 잠깐 쥐고 있으면 손가락 끝이 아파질 정도였다.

"왜 장갑을 안 껴?"

나를 곁눈으로 보면서 아야세 양이 말했다.

"핸들을 쥐었을 때 미끄러지기 쉬운 것 같아서. 뭐, 어디까지나 감각적인 얘기지만."

객관적으로 봐서 미끄러지기 쉬운지 아닌지는 모른다.

아니, 바이크용 글러브 같은 게 있으니까 안전을 생각하면 오히려 끼는 게 좋을까?

도쿄도에서는, 고교생의 자전거 통학에 헬멧 착용을 권장하는 모델학교 제도가 최근 들어 설립되었다. 스이세이 고교에서는 아직 의무화되지 않았지만, 지금의 흐름을 봐서 조만간 헬멧 착용이 필수가 될지도 모른다. 그때는 같은 논리로 글러브 착용도 권장될 것 같단 말이지.

"그러면, 더욱 끼어야 한다고 생각하는데."

내 말을 들은 아야세 양이 말했다. 목소리에 조금 걱정스런 울림이 있어서 내 몸을 걱정해준다는 걸 알 수 있으니, 괜찮다고 가볍게 답할 수가 없다.

"그렇네……. 조금 조사해볼게."

갑자기 헬멧부터 글러브까지 갖추는 건 좀 어렵지만.

"머플러도 안 했어. 춥지 않아?"

"그건 아무래도 위험할 것 같아서. 자전거 타다 뭔가에 걸리거나……."

"그렇구나. 그렇네."

"옷 안쪽에 넣어 버리거나. 아니면 넥워머를 써야겠지. 다만, 나는 그렇게까지 추위를 타는 체질이 아니라서."

아야세 양이 고개를 끄덕였다.

"하지만, 오늘, 굉장히 추우니까. 있지. 자전거, 이쪽으로 돌려봐."

"어? 걷기 불편하지 않아?"

이유는 모르지만, 그녀의 말에 따라 차도 방향에 두고 밀던 자전거를 아야세 양 쪽으로 옮겼다. 두 사람의 거리가 떨어져버리니까, 조금 쓸쓸하다.

그랬더니, 아야세 양은 핸들을 쥔 내 오른손— 아야세 양에게 가까운 쪽의 손 위에 살며시 자기 왼손을 겹쳤다.

아아, 그렇구나.

자전거 위치가 그대로면, 아야세 양은 내 몸 앞을 가로지르는 식으로 팔을 뻗어야 하니까. 그러면 걷기도 어렵고 위험하지.

손등에 아야세 양의 폭신한 장갑의 온기가 뒤덮는다.

"조금은, 따뜻해졌어?"

"아…… 응."

"핸들, 위험할 테니까, 이것밖에 못 하지만."

"알고 있어. 고마워."

내가 쓰는 손을 속박하지 않도록 어디까지나 살포시 올린 것뿐이지만, 그래도 바람을 막아주기만 해도 차가움이 줄어들고 아야세 양의 손에서 전해지는 온기를 미약하게 느낄 수 있었다.

그대로 잠시 둘이서 말 없이 걸었다.

길가에는 아직 사람이 많고, 오가는 사람들이 우리들의 잡은 손을 훔쳐보는 기분이 들어 버렸다. 그렇게까지 타인을 주목하지 않는다는 건 알고 있지만.

쑥스러움을 얼버무리기 위해서, 나는 오늘 나온 시험 결과를 화제로 들었다.

내 종합 점수를 가르쳐주자, 아야세 양도 가르쳐 준다.

합계 815점이었다고 한다.

내가 819점이니까, 차이는 없는 거나 마찬가지. 그러나, 아야세 양은 분한 표정을 지었다.

"또 졌어……."

"4점 차이는, 있으나 마나한 거라고 생각하는데. 그리고

현대문학 94점은 굉장한 거라고 생각해."

반년 만에 낙제점에서 그렇게까지 상승하다니.

애당초 나는 학원에 다니고 있다. 그런데 아야세 양과 다를 바 없는 점수니까, 만약 아야세 양도 학원에 다니면 순식간에 상위 10위 이내에 들어가는 점수를 받을 수 있지 않을까?

그런 이야기를 했더니, 아야세 양이 고개를 옆으로 저었다.

"나는, 다닐 생각 없어."

"뭐, 돈도 드니까."

남을 의지하는 것을 좋아하지 않는 아야세 양의 성격을 생각하면, 혼자 공부하는 것을 우선 선택한다는 말에도 수긍할 수 있다.

"절대로 가기 싫다고 할 정도는 아니지만……. 결과적으로 폐를 끼치는 게 싫다고 생각하고. 전에 아사무라 군이 말했었잖아? 능숙하게 의지하는 것의 중요함, 같은 거."

"아아, 그거. 나도 요미우리 선배한테 배운 거지만 말이야."

"하지만 지금은 아직 갈 생각이 없어."

"만약 학원 다니고 싶어지면, 여러모로 준비 도와줄게."

"고마워."

그렇게 말하고 아야세 양은 묵묵히 아주 살짝 장갑을 낀 손에 힘을 주었다.

내 손등에 살짝 힘이 실린다. 손을 움직일 수 없을 정도의 강함은 아니지만, 담겨 있는 힘만큼 아야세 양의 열이 전달되는 기분이었다. 내쉬는 숨은 하얗고, 옷깃으로 파고드는 겨울바람이 몸을 부르르 떨게 만든다. 그런데도 한쪽 손만, 뜨겁다.

"그리고, 같이 다니면……."

조용히 중얼거린 아야세 양의 말을 내 귀는 포착하지 못했다.

고개를 돌려 그녀의 옆모습을 봤을 때, 이미 시선을 들고 전방의 어둠을 보며 걷고 있었다.

인파와 함께 큰 길은 등 뒤로 멀어지고, 나랑 아야세 양은 맨션까지 이어지는 가는 길을 걷고 있었다. 유료 주차장의 노랗게 빛나는 간판 앞을 지나자, 우리들— 나와 의붓 여동생이 살고 있는 맨션의 불빛이 보였다.

귀가해서 다이닝 테이블 위를 보았다.

도시락 등이 들어 있는 비닐봉지가 놓여 있었다. 그 옆에는 메모지가 붙어 있었다.

『저녁이야!』

황급히 LINE을 확인했다. 【퇴근할 때 반찬 사뒀어】라는 아버지의 메시지가 와 있었다.

비닐봉지 안을 확인했다.

"교자네."

"이쪽은 탕수육이랑 고추잡채야. 이거면 금방 먹을 수 있어."

아야세 양이 봉지에서 꺼내 테이블에 놓았다.

근무 시간이 조정되어 학교에서 귀가하지 않고 일하러 갔었으니, 나도 아야세 양도 저녁 준비를 미리 못하는 날이었다.

그렇게 말을 해뒀으니 사다 준 거겠지. 그런 아버지는 벌써 식사를 마치고 침실에서 취침하고 있었다. 아키코 씨는 물론 일하러 갔다.

"아사무라 군은, 국 같은 거 먹을 거야?"

"인스턴트 수프가 있었을 거야. 그거면 되겠지. 아야세 양도 그거면 돼?"

아야세 양이 고개를 끄덕여서, 나는 식기 선반에 넣어둔 과립형 콘 수프를 꺼냈다. 전기 주전자로 물을 끓이는 사이에, 된장국 담아 먹는 그릇 두 개를 테이블에 놓았다.

그 사이, 아야세 양은 아버지가 사온 것들을 그릇에 담고 있었다.

나 혼자였다면 식었더라도 사왔을 때 담겨있던 플라스틱 용기로 먹었을 것이다. 하지만 아야세 양은 확실하게 데우고, 식기에 새로 옮겨 담는 걸 좋아한다. 맛있어 보이게 보이는 것이 맛있게 먹는 것으로 이어진다는 주의일까? 파란 그릇에 깔끔하게 담겨 모락모락 김을 피우는 중화요리를 보면, 어쩐지 식욕이 늘어나는 것 같았다.

따뜻한 밥을 덜고, 「잘 먹겠습니다」 인사하고 먹기 시작했다.

"아사무라 군은, 그거 찍어 먹는구나."

아야세 양이 자연스럽게 말했다.

"어? 이상해?"

내가 고개를 갸웃거렸다. 나도 그녀도 서로의 앞에 둔 작은 종지에 교자를 찍어서 먹는다. 언뜻 차이를 몰랐지만, 눈에 힘을 주자 드디어 깨달았다.

"그거 식초야?"

"응, 식초. 아사무라 군은 그냥 간장에 찍어 먹어?"

"어. 교자는 간장 아냐?"

"식초야."

"……맛있어?"

"그 말은 나도 하고 싶어."

맛을 상상할 수가 없다. 내가 무심코 그렇게 말해 버리자, 아야세 양이 자기 종지를 내 쪽으로 스윽 밀었다. 찍어서 먹어봐, 라는 의미일 거야.

내 체감 시간이 우뚝 멈추었다.

―아야세 양이 쓰던 종지를 써도 되는 걸까?

가족이라도 남과 쉐어하는 것이 거북한 사람이 있다. 나는 신경 쓰지 않는 편이지만.

한편 다른 의미로 신경 쓰였다. 순간적으로 당황했지만, 가족이라면 이건 평범한 일이라고 스스로에게 말했다.

아야세 양의 종지에 담긴 식초를 찍어 교자를 한 입 물었다. 전자레인지로 안까지 데웠기에, 이로 깨물어 교자의 표면이 찢어지자 감칠맛이 담긴 따뜻한 즙이 흘러 넘쳤다. 그것이 간장과 다른 새콤한 맛과 엉킨다. 평소와 다른 맛. 그렇다고 새콤해서 먹을 수 없는 건 아니었다. 분명히 맛있다.

이 차이를 설명하는 건 어렵네.

"아하. 이런 맛이 되는구나."

"맛있어?"

"응. 맛있어. 이걸로는 조금 부족한 기분이 들기는 하지만. 그래도, 이쪽이 더 상큼하네."

"그렇지? 후추를 더해도 맛있어."

"아키코 씨는?"

"엄마도 같아. 간장은 맛이 너무 강하다고 해서."

"그렇구나. 아, 내 것도 시험해 볼래?"

이번엔 내 종지를 밀자, 아야세 양도 똑같이 젓가락으로 집어 입으로 가져가다가, 뭔가 깨달았는지 한순간만 움직임을 멈췄다. 그러나 그대로 먹었다.

"으음~. 간장 맛이 나."

"그야 그렇겠지."

각자 자기 종지를 받아서, 잠시 서로 말 없이 젓가락을 움직였다. 식사도 끝이 보일 무렵, 나는 돌아오는 길에 생각하던 것을 화제로 꺼냈다.

"생일 말인데."

아야세 양이 고개를 들었다.

"응? 서로 생일 축하해주는 거 말이야?"

"맞아. 선물을 생각해 봤는데, 아야세 양은 뭐 받고 싶은 거 있어?"

"아, 그거. 나도 물어보려고 했어."

아야세 양도 그랬구나.

서로 이런 부분은 닮았다고 새삼 생각했다. 필요 없는 것을 받아도 기쁘지 않을 거라고 생각하는 점이다. 아야세 양에게 확인했더니 역시 같은 의견이었다. 그래서 멋대로 상상하지 않고 제대로 상담하고서 사자, 그렇게 의견이 모아졌다.

더욱이 아야세 양이 덧붙였다.

"그리고, 가격도. 너무 비싼 건 하지 말자."

"그렇네. 애당초, 돈도 모으고 싶으니까."

"그래서, 아사무라 군은 뭔가 받고 싶은 거 있어?"

갑자기 그렇게 물어봐도, 떠오르는 게 없네.

그렇지만 여기서 「뭐든지 좋아」라고 하는 건, 「뭐 먹고 싶어?」라고 물었을 때 「뭐든지 좋아」라고 하는 거랑 마찬가지로 안 좋은 대답이라는 건 알고 있었다.

그렇다고 해도 막상 떠오르질 않아, 잠깐만 생각해보겠다며 대답을 연기하려고 했을 때였다.

"넥워머 같은 건 어때?"

"아, 아까 말했지."

돌아오는 길, 목이 추워 보인다고 아야세 양이 말했지. 하지만 머플러 같은 건 위험하다고 대답했다. 그렇게 생각하자, 혹시 처음에 아야세 양은 머플러를 선물 후보에 넣었을지도 모른다고 생각이 들었다.

분명히 넥워머라면 너무 비싸지도 않고, 조건에 딱 맞는다.

"아야세 양은 뭐 받고 싶어?"

물어보자, 금방 대답이 돌아왔다.

"목욕할 때 쓸 조금 좋은 비누."

"비누?"

대답을 듣고, 조금 뜻밖이었다.

선물을 의식했을 때 조사해봤는데, 좋아하는 상대에게 주는 선물은 형태가 남는 것이 좋다는 말이 많았다.

"매년 남는 걸 받으면, 온몸을 선물로 두르게 되잖아. 만약 망가지기라도 해서 버려야 할 때, 뭔가 소중한 것을 버리는 기분도 들어. 그러면 처음부터, 없어지는 게 당연한 쪽이 좋아."

받기도 전부터 버릴 때를 생각하는 게 아야세 양답다.

언뜻 보기에는 차가워 보이는 의견이다.

하지만, 나는 깨달았다.

뒤집어서 말하면, 매년 선물을 교환하는 관계가 이어지는 걸 전제로 한 말이다.

한 번으로 끝낼 생각이 없다. 몇 번이든 선물을 나누는 상대이기에…….

"알았어. 그럼, **올해**는 비누로 할게."

내가 한 말을 정확하게 이해해준 아야세 양이, 기쁜 기색으로 웃었다.

●12월 11일 (금요일) 아야세 사키

종례가 끝나고 담임이 교실을 나서자, 힘 빠진 분위기가 교실을 떠돌았다.

같은 반 아이들은 성질 급하게 크리스마스의 예정에 대한 대화를 하기 시작했다. 들뜬 분위기가 떠도는 가운데, 나는 오늘 모두 나온 답안 용지를 책상에 통통 두드려서 가지런히 모았다.

합계 815점.

그럭저럭 만족스런 결과.

"사키, 수고했어~! 그 표정을 보아하니, 제법 좋은 점수를 받은 모양이로구나, 그대."

마아야가 일부러 나한테 와서 그렇게 말했다.

"그대, 라니…… 무슨 사극 애니메이션이라도 봤어?"

"소생, 낙제 사무라이라 하는 자이올시다."

"단칼에 베여 버릴 것 같은 별명이네."

"낙오 무사라고 하는 게 멋있을까?"

"어느 쪽이든 좋아. 어느 쪽이든 베일 것 같으니까, 그리고 사무라이에서 좀 벗어나봐."

"으음. 그러면, 저기…… 그게~."

"그러니까, 어느 쪽이든 좋다니까."

뭔지 모를 고집이 있는 것 같지만, 나는 잘 모르겠으니까 가볍게 흘렸다.

"사키도 참 여전히 차가워. 벌써 12월 중반이잖아. 이 계절 정도는 따뜻해도 좋지 않아? 그러면, 착 달라붙어서 난로로 삼을 텐데. 따끈따끈 사키, 보고 싶어~."

"남을 난로로 쓰지 마. 그래서, 어땠어?"

시험 결과 얘기다.

"801! 주제도 결말도 의미도 없는 점수[#1]야!"

"그게 뭐야."

"모르는 건전한 사키에게 상으로 사탕을 주겠습니다."

"그래요, 그래요."

들고 있지도 않은 가공의 사탕을 내미는 시늉을 하는 마아야에게 맞추어, 나는 손바닥을 위로 향해 받는 시늉을 했다.

"사키, 이런 거 꽤 받아주게 됐네~. 아사무라한테 감사해야겠어."

"어째서 아사무라 군 이야기가 나오는 거야?"

씨익~ 하는 미소를 짓는 마아야. 순간 퍼뜩 깨달았지만, 이미 늦었다. 더욱이, 여기서 말대답을 하면 또 무슨 말을 할 게 틀림없다는 걸 깨달았다. 나는 입술을 굳게 다물고

#1 801 야마 나시(주제 없음), 오치 나시(결말 없음), 이미 나시(의미 없음)의 앞 글자를 딴 야오이를 숫자로 표현하면 801이 된다. 현재는 BL장르를 칭하는 말 중 하나로 정착된 용어.

버텼다.
"그래서, 사키는?"
"815."
"오~! 으스대는 표정을 지을만한걸. 대단하잖아."
"그런 표정—."
안 지었어, 라고 말하려다가 멈추었다.
지었을까? 지었을지도 모르겠다. 어쩐지 모르게 자각은 있었다. 볼이 풀어진 것도 알 수 있다.
목소리도 다소, 높아진 것 같아.
그랬더니, 주변이 조금 술렁거렸다.
귓가에 「아야세 양의 분위기가 어쩐지……」, 「웃는 거 처음 봤어」라고 들린다.
아니 그럴 리가. 나도 미소 정도는 지금까지 지은 적 있었을 텐데?
"희귀한 걸 보는 것 같은 말들을 하네?"
"메탈 슬라임 급으로 희귀해."
"내가 잘 모르는 예를 들지 마."
"언제나 쿨 뷰티라는 거야. 뭐, 그렇게 멋진 게 아니라 사키는 남들 호감 사는 것에 무관심한 것뿐이겠지만. 평가는 신경 쓰면서 말이야."
마아야의 말은 신랄하게 들리지만, 분명히 그렇다. 그보다도 같은 반 애들의 목소리에 호의적인 놀라움이 있는 게 뜻밖이었다.

"그렇지마안~ 14점 차이라아. 살짝 아깝네. 다음은 절대로 안 져!"

"네, 네~."

"젠장~. 1승하고서 이렇게 으스대는 표정을 지으면 분함도 배가 되는군~."

"으스대지 않았어."

"그래서, 사키."

응?

"이제 곧 생일이잖아."

"아, 응. 그렇지."

입술을 깨무는 척하면서 분해 보이던 표정이 한순간에 사라지고, 마아야는 어쩐지 들뜬 표정으로 말했다. 화제가 순식간에 바뀌니까 따라가기 힘들다.

"뭔가 선물 주고 싶네~. 뭘 줄까~."

"신경 안 써도 돼."

"쓰지~. 씁니다, 써요. 엄청 써요. 쓰고 싶으니까 쓴다."

"아, 네."

"그래서, 그렇다면 아사무라도 이제 곧 생일? 분명히 가깝다고 했었지."

"그 사람은 나보다 일주일 전이야."

"그 사롸암~!!"

“일반적인 3인칭 대명사를 특수한 발음으로 말하지 마.”
정말로, 깊은 의미 같은 거 없으니까.
“어라? 일주일 전이라면…….”
“13일.”
“내일 모레잖아! 그럼 안 되지! 왜 안 가르쳐줬어!”
“어? ……미안?”
“아~, 그렇다면 사키랑 같이 휴일이네~. 일요일에, 남의 남친을 일부러 불러내서 생일 선물을 건네는 것도 그렇고~.”
“그러니까 아사무라 군은—.”
“남친이 아니라 오빠라면, 불러내도 돼?”
“……안 돼.”
싱글싱글 웃었지만, 이유는 노코멘트다. 브라더 콤플렉스라고 생각해주는 게 나으니까.
“그러면, 내 선물은 사키가 건네줘.”
신경 쓰지 말아달라고, 아마 아사무라 군이라면 말하겠지만. 그래도 마아야는 신경 쓰겠지. 그것도 의리나 세간의 체면 같은 거 상관없이. 아까도 말한 것처럼, 자기가 신경 쓰고 싶으니까 신경 쓴다.
그걸 알고 있으니 신경 쓰지 말라고는 말 못했다.
“아사무라 군에게 주는 선물이라면, 천천히 줘도 될 거라고 생각해. 어느 쪽이든, 우리 가족은 나랑 아사무라 군의 생일 파티를 크리스마스랑 같이 24일에 하기로 했으니까."

"오빠랑 함께구나~."

"아직도 그런 말을……."

"가족끼리 화목하게구나~. 좋은걸~. 그럼 만나서 메리 크리스마스는 못 하네~."

"그러니까 필요 없어. 마아야야말로, 반 애들이랑 파티 같은 거 안 해?"

"아~, 그 날은 조금 용건이—."

"아아, 그러면, 어쩔 수 없네."

"아니~ 들어봐? 그런 걸 하면 남친, 여친 있는 사람 색출하는 파티가 되잖아! 내 배려라니까, 와하하!"

응?

"그런 거야?"

"그럼, 그럼! 봐봐, 우리들도 고교생이니까, 나름대로 나름의 관계가 있거나 없거나 그렇잖아?"

……지금, 살짝 머뭇거렸나?

어쩌면 마아야도 나름대로 나름의 관계인 사람이 있어서, 그 사람과 지낼 예정을 잡고 있는 게 아닐까? 나한테도 말을 안 할 법한.

말을 못 할 법한…….

"나름의 관계……."

"흥미가 있으신지?"

얼굴이 다가와 쓱 들여다보며 말하기에, 나는 고개를 옆으로 서둘러 저었다. 없어요.

"뭐, 사킷치한테는 아직 이르려나."

"왜 선배처럼 말하는데?"

그때 또, 씨익~ 하는 웃음을 지었다. 무심코「진짜?」하는 소리가 나올 것 같았다.

이건 유도심문이야. 아무것도 유도 안 한 주제에, 표정만으로 무심코 말실수를 할 것 같았다. 무시무시해, 나라사카 마아야. 비밀을 품은 채 남의 비밀을 폭로하는 여자.

아, 오늘따라 내 사고가 이상해.

어쩐지 마아야라면, 그런 관계인 사람이 생기면 말해줄 거라고 생각했다.

나한테도 딱히 말을 하지 않는다면, 나름의 관계인 사람 같은 건 숨기는 게 보통인 걸지도 몰라.

애당초, 마아야가 사귀는 사람이 있는지 없는지 알지도 못하지만.

알바하는 바쁜 시간은 순식간에 지났다.

오늘 밤은 보기 드물게 요미우리 씨가 쉬는 날이었다.

덕분에 상당히 바빴다. 계산대에서 하도 바쁘게 일하느라 기억이 조금 날아가 버렸어.

문득 시선을 올리자, 가로수 길을 채색하는 일루미네이

션이 눈동자에 비쳤다.

겨울에 정석인 음악이 흐르는 가운데 때때로 세일을 부르짖는 점원의 목소리가 겹친다.

아아, 이제 곧 크리스마스구나, 하고 실감해 버린다.

옆을 걷고 있는 아사무라 군은 자전거를 차도 쪽으로 대고서, 내 걸음에 맞춰 천천히 밀고 있었다. 최근에는 알바가 끝나면 같이 귀가한다. 핸들을 쥔 그의 손이 추워 보였다.

왜 장갑을 안 끼는지 물었더니, 핸들에서 미끄러지는 느낌이 든다고 했다.

안전을 위해서인 것 같지만, 애당초 얼마 안 있어 자전거를 탈 때 헬멧이나 글러브가 필수가 될지도 모르겠다며, 금방 스스로 태클을 걸어왔다.

"그러면, 더욱 끼어야 한다고 생각하는데."

조금 어이가 없어서 말했더니, 아사무라 군은 확실하게 조사해보겠다고 해줬다.

"머플러도 안 했어. 춥지 않아?"

더욱 거듭해 물어버린 것은 물론 목덜미가 추워 보였기 때문이기도 하지만, 머플러가 없는지 얼마 전부터 신경 쓰였기 때문이다.

겨울 선물의 정석 중 하나지, 머플러.

그랬더니 머플러는 장갑 이상으로 자전거 탈 때 위험하다고 해서 아차, 하고 깨달았다.

분명히…… 그럴지도 몰라.

그래도 추워 보이는 손을 그대로 두는 게 싫어서, 나는 아사무라 군의 한 손에 내 손을 겹쳤다. 장갑 너머지만, 이걸로 찬바람에서 조금은 지킬 수 있으면 좋겠어.

어느새 큰 길을 벗어나 우리들은 좁은 길로 들어섰다.

가로등의 수도 줄어들고, 사람들의 통행도 거의 없다. 그래서 할 수 있었을까? 아무도 안 보니까.

손을 겹치기만 했는데, 이렇게나 심장이 두근거린다. 격렬해진 고동이 손바닥을 통해 그에게 전달될 것 같아. 하지만 그랬으면 좋겠다는 생각도 든다.

"시험, 어땠어?"

갑자기 말을 걸어서 심장이 크게 뛰었다.

"앗, 어. 저기, 815."

"굉장하네."

아사무라 군이 그렇게 말했지만, 그의 점수는 819점이었다고 한다. 차이가 없는 거나 마찬가지임은 알고 있다. 딱히 어느 쪽이 이기면 뭐가 어떻다거나, 그런 것도 아니다.

그렇지만, 입에서 나온 말은.

"또 졌어……."

이렇게까지 아사무라 군에게 지고 싶지 않다는 마음이 드는 것은 어째서일까? 내 경쟁심이 스스로도 조금 신기했다. 이유는 알 수가 없었다.

어지간히 아쉬운 것처럼 들렸던 걸까. 아사무라 군이, 자기 점수는 학원 덕분이며 현대문학 낙제점 라인에서 대폭 올린 건 대단하다고 추켜올려준다.

학원에 다니면 자기보다 높은 순위에 갈 수 있을 거라고도.

"나는, 다닐 생각 없어."

"뭐, 돈도 드니까."

그것도 있지만.

아사무라 군의 제안에 순순히 수긍하지 않은 것은, 약점을 보이지 못하는 내 약함 탓이기도 했다. 의지하기 시작하면 무한히 의지해 버릴 것 같아서 무서웠다. 그래서는 아무리 시간이 지나도 의지한다는 스킬을 익힐 수 없겠지만.

"만약 학원 다니고 싶어지면, 여러모로 준비 도와줄게."

그렇게까지 말해 줘서, 나는 살짝 켕기는 기분이 들었다.

돈이 든다는 것도, 남을 의지하지 못하는 성격인 탓도 있다. 그렇지만, 학원에 다니고 싶지 않은 가장 큰 이유—그건 따로 있었다.

아사무라 군이랑 같은 장소에 오래 있으면 시선이 그를 따라가느라 공부가 안 될 것 같았다.

본인에게는 절대 말 못하지만.

너무 창피하잖아, 그런 거.

자택 맨션이 보여서, 내 머리는 드디어 통상 모드로 복

귀했다.
구체적으로 말하면 저녁 식사 메뉴를 어떻게 할까 생각했다.
나랑 아사무라 군 둘 다 이 시간에 귀가하는 거니까. 거기에 도중에 귀가해서 저녁 준비를 할 수도 없었다. 재빨리 준비할 수 있는 건…….
그렇게 생각하며 다이닝에 들어서자 테이블 위에 새아버지가 사둔 중화요리가 기다리고 있었다. 교자, 탕수육, 고추잡채. 무심코 볼이 풀어졌다.
참 고마운 일이다. 어쩌면 엄마가 부탁했을지도 모르지만, 아사무라 군의 아버지라면 이 정도 배려는 충분히 해줄 것 같기도 했다.
그릇에 담아 데우고, 그동안 아사무라 군이 밥과 수프를 준비했다.
잘 먹겠습니다.
식사를 하다 보니, 아사무라 군과 교자를 무엇에 찍어먹는지에 대한 사소한 견해 차이가 있었다.
서로 교환해서 먹어봤지만, 역시 나는 간장파의 주장을 받아들일 수가 없었다. 맞아, 아사무라 군은 계란 프라이도 간장과 함께 먹었지.
그러고 보니, 그때 조금 나는 멈칫했다.
그가 찍어 먹던 간장을 먹으려고 할 때다. 어, 이거……

라고, 깨달아 버렸다.

이거, 간접 키스 아냐? 아니아니, 간접에다 또 간접 키스 정도밖에 안 되지만. 그걸로 동요하다니. 나는 초등학생인가?

묵묵히 젓가락을 움직이게 됐다.

조금 침묵을 견디기 어려워졌을 무렵, 아사무라 군이 생일 선물 화제를 꺼내주어 나는 기꺼이 그 화제에 응했다.

형태가 남지 않는 선물이 좋아, 라고 했더니 아사무라 군이 놀란 표정을 지었다.

하지만 만약 이 관계가 끝나지 않는다면, 물건에 의지하지 않아도 추억은 남는다. 매년 기억 속에서 추억을 쌓을 수 있으니까, 그걸로 충분히 멋지다고 생각한다. 거듭해서 쌓인 기억은 형태가 있는 것보다 빛난다고 생각하니까.

그런 식으로 생각하게 된 건 친부 탓이겠지.

그 사람은 참 형태를 고집하는 사람이었다.

아직 어린 시절, 그 사람이 상냥했던 무렵에는 엄마나 나에게 자주 선물을 했다. 회사도 종업원을 위해서 보기 좋은 빌딩으로 사무실을 옮기거나, 어쨌든지 형태나 물건을 고집했었다. 변해버린 뒤의 그 사람은, 「내가 사준 물건으로 생활하는 주제에 불평하는 거냐」라고 말하게 되어 버렸다.

형태에 사로잡힌 거다, 그 사람은.

그래서 나는 받을 거라면 형태가 없는 게 좋다.

그것이 절반. 나머지 절반은…….

나는 아버지가 나가 버렸을 때 엄마의 뒷모습을 기억한다. 어깨를 늘어뜨리고 떨고 있었지만, 돌아보며 나를 끌어안았을 때는 눈물도 보이지 않았다. 나를 불안하게 만들지 않으려고.

그래도 슬픔은 전해진다.

나는 지금 이 감정이나 관계가, 영원한 것이라고는 완전히 믿지 못하고 있다.

만약 이 관계가 끝나는 날이 온다면, 손에 남은 선물을 보고 애처로워져 버릴 것 같았다. 그래서 형태가 안 남는 선물이 좋다.

받기 전부터 슬픈 추억이 된 다음을 생각하는 게 나 답네.

●12월 13일 (일요일) 아사무라 유우타

아무 일도 없이 토요일이 지나고.

밝아온 일요일은 내 생일이지만, 세상이 일개 고교생의 탄생을 특별히 챙겨줄 리 없다. 당연하게 나는 오전부터 학원에 가서 수업을 받았다.

아침 첫 강의가 끝나고, 짧은 휴식 시간이 되었다.

커피라도 마시고자 자판기가 있는 휴식 공간으로 갔다. 복도를 꺾은 곳에 있는 교실의 3분의 1 정도 되는 공간이다. 식당에 있는 것 같은 큼직한 테이블이 여섯 개 놓여 있고, 주변에 접이식 파이프 의자가 있었다.

우유를 타고 설탕은 뺀 걸 골라 종이컵에 따른 갈색 액체를 후후 불면서 나는 비어 있는 의자를 찾았다.

낯익은 여자가 있었다.

후지나미 카호다.

그녀의 앞자리만 덩그러니 비어 있었다.

고개를 든 그녀와 눈이 마주쳐서, 나는 그 자리에 앉았다.

"안녕하세요."

약간 먹먹한 목소리로 인사를 한다.

"안녕? 왜 그래? 감기야?"

키가 큰 그 소녀는 하얀 마스크를 쓰고 있었다.

“감기에 걸렸으면 애당초 학원에는 안 와요. 이건 예방이에요. 겨울은 공기가 건조해서 특히 감기나 감염증에 조심해야 하니까.”

“아아, 그렇군.”

“아줌마가 그러거든요. 너도 겨울에는 마스크를 꼭 하고 지내라고.”

나는 묵묵히 고개를 끄덕였다.

후지나미가 말하는 『아줌마』는 그녀의 현재 후견인이다. 친부모와 사별하고 친척과 트러블이 생긴 그녀를 구해내고, 보살펴준 사람이라고 한다.

“뭐, 마스크를 써도 걸릴 때는 걸리지만요.”

“예방은 겹겹이 해야 효과가 있다고 하니까, 안 하는 것보다는 훨씬 나을 거야. 나도 어렸을 때, 손 씻기랑 양치질을 끈질기게 한 시기가 있었지.”

“저런. 어렸을 때, 만요?”

“감기 걸려서 생일 케이크를 못 먹은 적이 있었거든. 그래서 다음해, 절대 감기 안 걸리겠다고 다짐했지.”

“아아, 생일. 겨울이군요. 조만간인가요?”

“그게, 사실 오늘이야.”

어깨를 으쓱거리며 말했다.

“그랬나요.”

후지나미는 그 자리에서 일어서더니, 아무 말 없이 자판기로 걸어갔다. 잔돈을 주머니에서 꺼내더니, 캔에 든 따끈한 콘 포타쥬를 샀다.

배라도 고픈가 싶어서 멍하니 보고 있었는데, 돌아온 후지나미는 달칵하고 내 앞에 캔을 놓았다.

“생일 선물이에요. 커피 마시고 있는데 괜한 부담일지도 모르지만.”

“어.”

“그리고, 변변찮지만요.”

“어, 아니. 그런 생각은 안 하는데. 어어…….”

받을 줄 몰라서, 예상 밖이다— 사소하지만, 서프라이즈다.

“고마워.”

“아뇨. 남는 것도 아니고, 비싼 것도 아니니까요. 인사를 받을 정도도 못 되죠. 형태가 남는 건 그 여자친구한테 받으세요.”

나는 무심코 쓴웃음을 지어 버렸다.

“그러면, 저는 이만.”

그대로 등을 돌리는 후지나미에게, 가는 캔을 집어 눈높이에 들며 새삼 가볍게 고개를 숙이고 배웅했다.

대단한 게 아니라고 후지나미는 말했지만, 이렇게 누군가가 축하를 해주는 건 솔직하게 기뻤다.

오늘은 저녁부터 알바였다.

근무 시간보다도 20분이나 먼저 가게에 도착해버려서, 어디 매장이라도 쭉 훑어볼까 하여 스포츠백을 안은 채 가게 안을 돌았다.

오늘도 그럭저럭 손님이 많은 모양이군.

평상에 쌓여 있는 잡지의 수를 눈으로 세고 있는데, 누가 등을 톡 두드렸다.

"안녕, 우리 후배."

돌아보자, 긴 검은 머리에서 윤이 나는 요미우리 선배가 서 있었다.

"아아. 그러니까, 안녕하세요?"

"오냐. 격조하였네."

"……격조……?"

뭐라고요?

"격조하다는 건 말이야—."

"의미는 알아요. 오랜만, 이라는 의미죠?"

편지 쓸 때나 쓰는 표현 같은 거다.

"맞아! 뭐야, 알고 있잖아."

"뭐, 평상시에 그런 인사를 하는 사람은 처음 만났지만요. 이제 몸은 괜찮아요?"

가게를 오가는 손님한테 방해되지 않도록, 동선에서 벗어나며 물었다. 그러자 요미우리 선배는 손가락으로 사무소 쪽을 가리키고 걷기 시작했다. 여기는 손님에게 방해가 되니까 사무소에 가자, 같은 의미겠지.

알겠다는 표시로 가볍게 고개를 끄덕이고 뒤를 따라갔다.

"이제 완전히 나았어. 아니, 하지만 정말로, 오랜만인 것 같단 말이지. 걱정해줬구나~."

"그거야, 선배니까요. 나아서 다행이네요."

"엊그제 시점에서 이제 거의 좋아졌어. 알바 동료들한테 옮지 않도록 만약을 위해서 오늘까지 쉬었을 뿐이야."

"감기였어요?"

"그래그래! 목이 아주 완전 죽었어~. 열은 39도를 넘어가고."

"힘들었겠네요."

"그냥 훅 가는 줄 알았어. 훅 가는 건 싫으니까 시집부터 가야 하는데~ 라는 거지."

여전히 의문의 아재 개그를 발휘하는 요미우리 선배였다. 응, 오늘도 정상영업 중이다. 아무래도 제대로 완전 부활해서 출근한 모양이다.

별 거 아닌 짧은 대화를 하면서 사무소에 갔다. 노크를 하고 들어갔지만 아무도 없다.

"정말, 조심했었는데 말이야. 지난 주말에 노래방을 달린 게 안 좋았을까~. 고등학교 때 친구들이랑 오랜만에 모였거든."

"동창회였나요?"

"부 활동 동료가 다음 달에 결혼한대."

"네?!"

무심코 목소리가 삐끗했다.

"설마 제일 늦게 할 줄 알았던 마오가 먼저 가다니. 전문대 졸업한 다음에 결혼하겠다고 약속을 했었다고 하는데. 반 년 이상 늦어졌어~ 라면서 펄펄 화를 냈을 정도라니까."

"아, 네. 축하, 합니다?"

"내가 결혼하는 게 아니잖아?"

"그건 그렇지만요."

달리 뭐라고 답하는 게 좋았을까. 요미우리 선배의 동기라면 성인 연령을 넘었을 테니까, 현대에는 이르다고 해도 있을 수 없는 일은 아니긴 한데…….

"쬐끔 매리지 블루였단 말이야~. 그래서, 불평을 들어주면서 노래방 삼매경이었어. 응, 우리 후배도 조심해야 된다."

"네에……."

너무나 먼 세계의 일 같아서, 그렇게 말해도 뭘 어떻게 조심하면 좋을지 모르겠다. 전혀 상상이 안 되네.

"타인과 사회적인 파트너십을 맺게 되면 현대에는 갖가지 알력이 발생하는 법이거든."

"그런가요?"

"이 세상 온갖 결혼이란 건 말이야. 본질적으로 로미오와 줄리엣이야, 우리 후배."

“양립할 수 없는 사이의 만남……인가요?”

“계란 프라이 소스파인 캐퓰릿 가문과 맛소금파인 몬테규 가문 사이에는 넘어설 수 없는 깊은 골이 있는 것이다.”

“셰익스피어가 화내지 않을까요?”

“가치관의 차이는 때로는 다툼을 낳고, 비극을 낳는다. 슬프구나~. 우리 후배는 어느 파?”

“계란 프라이라면 간장이 좋은데요.”

“아차, 제3파벌이었네. 참고로 나는 케첩을 좋아해. 간장당인 부모님이 결혼을 반대하면 어쩌지? 오오, 로미오. 당신은 어째서 간장인가요? 지금 당장 그 조미료를 버리세요. 아니, 아까우니까 결혼을 관두는 것도 나쁘지 않겠어.”

“도통 모르겠다는 걸 알았습니다. 항복할게요. 그래서요? 뭔가 할 얘기 있는 거죠?”

이런 소리나 할 거면 일부러 사무소까지 따라오라고 안 할 테니까.

“바로 그거야, 우리 후배. 오늘 생일이었지?”

요미우리 선배는 손에 들고 있던 종이 가방을 테이블에 놓았다.

“네, 그야. ……용케 아셨네요.”

“흐흥~. 사키 양한테 들었어. 그녀도 다음 주지?”

“네.”

“사키 양 건 다음에 주기로 하고, 자.”

간장
KETCHUP
…

그렇게 말하면서 종이 가방에서 꺼낸 것은 두껍게 포장된 것이었다. 아마도, 책이다.

시선으로 물어보니 고개를 끄덕이기에 포장을 풀었다.

"와…… 이건 또……."

낡은 책이 많다. 고서점에서 구입했을 지도 모른다.

플라톤의 『소크라테스의 변명』, 데카르트의 『방법서설』, 까뮤의 『시시포스 신화』, 칸트의 『순수이성비판』…… 니체의『차라투스트라는 이렇게 말했다』도 있었다.

"이건…… 대단하네요."

"요미우리 시오리 엄선, 추천 철학서 세트야. 시대나 철학사의 흐름은 생각하질 않았으니까 체계적이지도 않고, 빠진 것도 많지만."

"충분해요. 이런 건 아무래도 고등학생인 제가 사는 건 조금 허들이 높으니까요. 기껏 사도 읽고 이해를 못하는 게 아닐까 해서 주춤할 테고. 도서관에서 대강 읽은 적은 있지만요."

"사실은 어른의 장난감으로 할까 망설였는데, 무슨 청소년법으로 체포되는 게 무서워서. 나도 겁을 먹었지 뭐야."

"철학서 세트라 다행입니다."

"시시해서 미안."

성실한 표정으로 사과하면, 어른의 장난감 운운이 농담 같지 않으니까 봐주세요. 그 발상의 온도 차이로 감기 걸릴 것 같으니까요.

“감사합니다.”

후지나미 양에게 콘 포타쥬를 받았을 때랑 마찬가지로, 서프라이즈니까 괜히 더 기쁨을 느끼는 걸지도 모르겠다.

간격 조정을 해서 선물 내용을 정하면 서로 만족할 수 있다. 그렇게 생각했지만, 이런 기대 못한 선물도 기쁘다.

낡은 책이 많으니까, 아마 문장도 읽기 어렵겠지. 그래도 읽는 것보다는 잘 씹는다. 곱씹는 것처럼 책을 읽는 활자중독인 나에게는, 틀림없이 고마운 선물이었다.

다 읽을 때까지 듬뿍 시간을 쓰게 될 것 같다.

알바를 마치고 귀가하자, 아키코 씨는 바에 일을 하러 갔고, 아버지가 아직 깨어 있었다. 아야세 양이랑 같이 내가 돌아오는 걸 기다린 걸까?

일요일이라 시간이 있었기 때문인지, 아니면 오늘이 내 생일이라서 그런지, 아야세 양이 준비해준 저녁은 평소보다 조금 호화롭고 메인이 로스트 비프였다.

그리고 샐러드와 감자 포타쥬를 곁들였다.

자리에 앉은 아버지가 「호오, 오늘은 어쩐지 호화롭네」라고 하더니, 그 다음에 한 번 크게 고개를 끄덕였다.

“아아, 그러고 보니 오늘은 유우타 생일이지.”

“기억했었네.”

NOVEL
의매생활 6권
발매 기념 초판 한정 특전
[NOT FOR SALE]
©Ghost Mikawa 2022 Illustration : Hiten
KADOKAWA CORPORATION

뜻밖이라서 말했더니, 아버지가 섭섭하단 표정을 지었다.
"당연하지 않니?"
"나랑 아야세 양의 생일은 크리스마스랑 겸하자고 했잖아. 분명히 그 날까지 잊어먹을 줄 알았어."
"뭐, 사키가 저녁에 신경을 쓰지 않았으면, 떠올리지 못했을지도 모르지만."
"역시 잊고 있었구만?"
"하하핫."
"웃으면 용서 받을 수 있을 거라 생각하지 마요."
얼버무리듯 웃는 아버지. 물론, 나도 진심으로 화를 내는 건 아니다. 우리끼리는 흔한 대화다.
"자, 자~."
아야세 양이 쓴웃음을 지으면서 그릇을 건넸다. 따끈따끈한 밥을 받았다. 3인분의 젓가락을 놓고, 찻잔에 차를 따르고, 덜어먹을 그릇을 나눠준다.
테이블을 행주로 닦는 건 아버지 역할이었다. 이런 분담은 아키코 씨랑 재혼한 뒤부터 자연스럽게 정해진 것이다. 본래는 나도 아버지도 식사 전에 테이블을 일일이 닦지 않는 성격이었다. 식후에 더러우면 닦는다, 그런 식이었다.
아키코 씨는 바텐더 일을 해서 그런지, 식탁을 언제나 깨끗하게 해두길 좋아했다. 아야세 양도 그 영향을 아마 받았을 것이다. 지금은 나도 아버지도, 그 두 사람에게 영향을 받고 있다는 거지.

"잘 먹겠습니다."

목소리를 모아 식사를 시작했다.

로스트 비프를 깨문 아버지가 입을 열자마자 「참 맛있다!」라고 외쳤다.

"이야~. 사키는 요리를 참 잘해."

"아버지. 그 말, 어제도 안 했어?"

"몇 번이든 해야지. 왜냐면, 정말 맛있으니까!"

이런 것도 팔불출이라고 하는 건가.

아야세 양이 평소처럼, 대단하지는 않다며 쑥스러워했다. 밥솥을 써서 만들었다고 한다.

"밥솥으로?"

"만들 수 있어. 푸딩이나 핫케이크도 되는걸. 요즘 전기밥솥은 상당히 우수하니까."

"그렇구나."

밥 짓는 것밖에 해본 적이 없는데. 설마 그런 사용법이 있다니.

로스트 비프는 균등하게 익었고, 안쪽은 보기 좋은 핑크색이었다. 딱딱해지지도 않았고, 입 안에서 씹으면 육즙이 주륵 흐른다. 달콤한 양념의, 양파와 간장의 풍미가 밥이랑 뒤엉켜서―.

"얼마든지 더 먹을 수 있을 것 같아."

“고마워. 만든 보람이 있네.”

아야세 양이 기뻐하며 미소를 지었다.

역시 내 생일이라서 만들어준 걸까? 그렇게 생각하기만 해도 어쩐지 낯간지럽고 기쁘게 느껴진다. 생각하느라 젓가락이 멈췄기에, 나는 황급히 나머지 밥을 긁어먹었다.

“한 그릇 더, 먹을게.”

쑥스러움의 감정에서 도망치듯 자리에서 일어나 보온 솥으로 향했다.

다 먹고 아버지가 목욕 준비를 하고 있을 때, 둘이서 설거지를 하며 아야세 양이 살짝 귓가에 속삭였다.

“나중에, 내 방으로 와.”

심장이 크게 뛰었다.

아야세 양이 목소리를 내지 않고 입을 움직였다.

선, 물, 줄, 게.

독순술 따위가 아니라도 읽어낼 수 있는, 간단한 네 글자였다.

아버지가 목욕하러 들어간 것을 보고 아야세 양의 방문을 가볍게 두드렸다.

허가를 받아 조용히 문을 열고, 살짝 들어갔다.

기다리고 있던 아야세 양이 말했다.

“그게…… 사실은 마아야한테도 맡은 게 있어.”

“맡았다니……. 어, 설마, 선물?”

고개를 끄덕였다.

네 번째의 서프라이즈.

설마 마루, 후지나미 양, 요미우리 선배에 이어서, 나라사카 양까지 생일 선물을 주다니 상상도 못했다.

"우선, 이것부터야. 마아야가 주는 거."

그녀가 건넨 것은 포장된 책이었다.

서프라이즈 선물을 네 명에게 받아서, 그 중 세 명이 책을 고르다니…….

"……나는, 그렇게 책을 좋아하는 걸로 보여?"

"어, 아니야?"

진지한 표정으로 말하기에 입가가 파르르 떨렸다.

게다가, 포장을 벗기고 커버를 씌워둔 책을 가볍게 펼쳐보니 『연애에 승리하기 위한 일곱 가지 법칙』이란 거였다.

열린 페이지에 뭔가 끼워뒀다. 무심코 미끄러질 것 같아서 손으로 눌렀다.

두툼한 메시지 카드인데, HAPPY BIRTHDAY라고 적힌 말풍선 안에 나라사카 양이 직접 쓴 말이 첨부되어 있었다.

『이걸 읽고서 사키의 하트를 확 잡아버려♡』

표정이 이상해졌다.

"뭔데? 왜 그래?"

"아무것도 아냐. 아무것도."

책을 닫았다. 포장지로 다시 덮었다.

대체 뭘 적어주는 거야, 나라사카 양. 안 본 걸로 해야지.

"그리고, 이게 내 선물."

빨간 포장지로 깔끔하게 포장된 선물을 건넸다. 열어보니 약속한 그대로 넥워머였다. 감촉이 좋은, 포근한 재질로 되어 있었다. 밝은 색을 고른 것은 야간에 자전거를 타고 돌아올 때를 생각해서, 자동차 운전자들의 눈에 잘 들어오는 걸 중요시했다고 한다.

뭘 받을지 사전에 알고 있어도 역시 솔직하게 기쁘다. 서프라이즈가 없더라도.

"생일, 축하해."

"고마워."

"케이크에 촛불, 같은 건 크리스마스 때가 되겠지만."

"뭐, 그렇지. 하지만 그건 아야세 양도 마찬가지니까. 가족이 모여서 축하하자."

"응."

일주일 뒤에 이번에는 내가 아야세 양에게 선물을 건네주게 된다.

또 일요일이니까—.

나는 이번 일을 돌이켜보고, 이 계획의 맹점을 깨달았다. 선물을 몰래 건네게 되는 건데…….

"뭐 평범한 남매라도 선물을 건넬 테니까, 그냥 당당하게 건네도 되려나?"

"선을 정하는 게 정말로 어려워."

—하지만 남들 눈을 너무 신경 쓰지 않고 지내고 싶어.

그렇게 아야세 양이 말하자, 나는 문득 생각했다.

"알바가 일찍 끝나도록 근무 시간을 조정해서, 외식할까?"

"어……. 외식……."

조금 눈썹을 찌푸린 아야세 양이었지만, 금방 나를 보았다.

"하지만 생일은 1년에 단 한 번, 이지."

아야세 양이 말했다.

"가게, 찾아볼게."

"응. 알았어. 그렇게 하자."

아버지의 「목욕탕, 비었다」라는 소리가 울렸다. 가슴이 쿵쾅 뛰었지만, 그대로 침실 문이 닫히는 소리가 나고 조용해졌다.

자세한 얘기는 나중에 LINE으로 보낸다고 하고, 나는 아야세 양의 방을 나섰다.

●12월 13일 (일요일) 아야세 사키

슬슬 머리맡의 시계는 0시가 되려 하고 있었다.

내일 예습을 마치고, 목욕도 마치고, 자기만 하면 되는 타이밍을 마치 잰 것처럼 마아야에게서 LINE이 왔다.

동생들을 재우고, 자기 공부를 마치고, 더욱이 자기 전에 심야 애니메이션을 보니까 이런 시간이 되는 거야.

정말이지.

스피커 모드로 받는다.

『사키이~, 아사무라한테 내 선물 전해줬어?』

처음 하는 말이 그거야?

"전했어."

『오! 어땠어~?』

"어떻기는…… 이상한 표정이었는데, 왜지?"

『그렇구나, 그렇구나. 아주 좋아. 우흐흐.』

대체 뭘까.

뭔가 대단히 가슴이 술렁대는 웃음이야.

"그거, 책이지?"

형태와 무게로 틀림없다고 생각하는데.

『그럼~. 아사무라 오빠야, 책 엄청 좋아하잖아?』

왜 지금 목소리 톤이 바뀌는 거야. 씨익~ 하는 모습이 머릿속에 떠오를 것 같다.

그리고 아사무라 군은 내 오빠지, 결코 마아야의 오빠가 아닌데. 어째선지 나랑 말할 때 마아야는 반드시 아사무라 군을 오빠라고 부른다. 그 탓일까? 마치 아사무라 군과 마아야가 남매고, 내가 그들의 친구인 것 같다니까.

"책, 맞지? 평범한."

『물론 책이지. 게다가 고뇌하는 청소년에게 유익하기 짝이 없는 멋진 책이야~.』

거짓말 같아. 그러면 이쪽에도 생각이 있거든.

"재미있을 것 같네. 다 읽으면 나도 빌려달라고 해야지."

『안 돼, 절대로!』

간발의 차이 정도가 아니라, 미크론 섬유마저 끼워 넣을 수 없는 고속 반응이었다.

……내일, 캐물어야지.

『그보다 말이야. 사키는 뭐 줬어?』

노골적으로 화제를 바꾼 친구에게 한숨을 몰래 쉬면서 나는 대답했다.

"넥워머야."

사전에 필요한 걸 의논해서, 선물을 정했다고 이야기했다. 이건 유익한 방법이라고 생각한다. 기껏 선물을 하는 거니까 낭비가 되면 싫잖아.

그런데 마아야는 내 말을 듣고 놀랐다.

“뭐어~?! 그건 아니지~!”

스피커 모드에 음량도 내려놨는데 귓속까지 울리는 목소리로 말했다.

“뭐, 뭔가 이상해?

너무나 놀라기에, 내가 더 놀라버렸다.

『너무 싱거워! 짜지도 달지도 쓰지도 않아!』

“쓴맛일 필요는 없겠지, 보통?”

『그런 문제가 아니야앗! 예끼, 사키노죠!』

“요전에는 사키노스케라고 안 했어?”

『사키고로라고 할까?』

“싫어요.”

『그런 건 아무래도 좋아! 이야기를 돌려서 얼버무리는 거 좋지 않아!』

처음에 이야기를 돌린 건 너거든.

『서프라이즈야말로 선물의 진수인데~!』

불만을 잔뜩 말했다.

서프라이즈라니.

하지만, 서로에게 기습적인 선물이 유익할 가능성은, 한없이 제로에 가깝다고 생각하는데. 다시 말해서 남이잖아. 상대의 취향을 정확하게 파악하고 있다는 건 오만하지 않아?

그런데 마아야는 그런 내 의견을 일축했다.

서프라이즈가 상대에게 주는 기쁨, 가분이 들뜨는 느낌,

이라는 것을 역설한다.

『유익함 따위는 평소 쓰는 거에나 따지는 거야!』

"무슨 소리야?"

『필요한 건, 오히려 평소에 의논을 해서 조금씩 서로한테 주는 게 좋다니까. 왜 이벤트에 그런 걸 주려고 하는 건데~.』

"그건 이벤트니까 그런 거 아냐?"

『예측대로 진행되면 기억에서 사라져 버리잖아. 깜짝 놀라니까 기억하는 거야. 예상을 배신하고, 가슴이 뛰도록 하는 게 엔터테인먼트라는 거잖아!』

"그, 그래. 그런, 거구나?"

여전히 마아야의 비유는 독특했다. 애니메이션이나 게임이나 만화로 예를 들면, 나는 타당성을 판단할 수가 없다. 정말로 그런 건가 하고 생각해 버린다. 결과적으로 상대가 하는 생각의 정당성을 일일이 납득될 때까지 생각하고, 경우에 따라 캐묻고 만다.

그래서 싫어하는 사람이 있는 거라고 생각하지만, 딱 감이 안 오니까 무심코 물어버린다.

—서프라이즈가 좋단, 말이지.

마아야가 그렇게까지 말하니까, 생각해 봐야 한다는 건 알겠지만.

지나버린 건 어쩔 수 없다.

만약 정말로 그것이 중요하다면, 내년에는 리벤지를 해

볼까? 일단은, 아사무라 군에게도 확인을 해두자. 서프라이즈가 싫지 않은지.

그리고 마아야가, 서프라이즈가 얼마나 중요한가에 대한 프레젠테이션을 선보였다.

얼마 지나 졸음에 버티지 못하고 눈꺼풀이 떨어지기 시작하자, 누가 먼저랄 것도 없이 이야기를 중단하고, 잘 자라고 인사를 나눈 뒤 통화를 끊었다. 그대로 뒹굴 뒤척였다.

저도 모르게 베개를 끌어안으며 나는 생각했다.

그렇게까지 서프라이즈가 중요하다면, 미리 가르쳐 줬으면 좋겠어.

●12월 19일 (토요일) 아사무라 유우타

머리맡의 디지털시계는 06:30을 표시하고 있었다.

몸을 아주 약간 움직이기만 해도 덮은 이불 틈으로 겨울 아침의 냉기가 파고들어서, 나는 부르르 몸을 떨었다. 아직 창밖은 어둡다.

동지가 가까운 이 시기라면, 일출까지 앞으로 15분 정도 남아 있을 것이다.

참고로 동지란, 정남쪽에 태양이 왔을 때 고도가 가장 낮은 날을 가리킨다.

동쪽에서 빼꼼 고개를 내밀어서, 슬금슬금 낮게 하늘을 가로지른 끝에, 빼꼼 가라앉아 버린다.

덕분에 밤이 길다.

일본의 여명은 멀다.

"주변이 어두우면 일어나기 싫단 말이지."

이불을 덮어쓰고 투덜거린 다음, 오늘 예정을 차근차근 생각했다.

내 생일부터 내일이 마침 7일째.

다시 말해서, 아야세 양의 생일이다.

생일 선물로 그녀가 희망한 것은『목욕할 때 쓸 조금 좋은 비누』였다. 조사를 해보니, 가까운 시부야에 목욕 용품 전문점이 있었다. 거기서 세련된 비누를 사기로 정했다.

학원에 알바에 바쁘다 보니 사러 갈 시간을 좀처럼 못 냈다. 비누를 살 가게가 학원에서 가까운 장소에 있으니, 이번 토요일에 강의가 빈 틈을 타서 사러 가기로 했다.

머릿속에서 예정을 짰다.

한편으로, 요즘 들어 조금 생각한 것이 있었다.

후지나미 양이나 요미우리 선배에게 생각 못한 타이밍에 선물을 받아서 서프라이즈의 기쁨을 알아 버렸으니, 아야세 양에게 주는 선물도 뭔가 놀라움이 있으면 좋겠다. 그래. 놀라움이란 연애의 스파이스가 된다—라고, 『연애에 승리하기 위한 일곱 가지 법칙』에도 적혀 있었으니까. 그걸 믿어도 되는지, 수상하긴 하지만.

물론, 폐가 되는 서프라이즈는 하고 싶지 않다. 독선에 빠지지 않는 범위에서, 뭔가 깜짝 놀라게 해줄 수 없을까?

예를 들어, 선물은 그대로 두고, 거기에 하나 플러스 알파를 하는 건…….

휴일이라고 변명을 하며 하염없이 침대 안에서 생각하고 있는데, 기상을 재촉하는 전자음이 울렸다.

있는 힘껏 이불을 걷어냈다.

창밖은 이미 밝아져 있었다.

옷을 갈아입고 거실로 가자, 회사가 쉬는 날인 아버지와, 일을 하고 돌아와 이제부터 자려는 아키코 씨가 소파에 앉아 쉬고 있었다.

아야세 양의 모습은 없다.

"사키라면, 벌써 밥 먹고 방에 있어."

아키코 씨가 일어서려고 하기에, 나는 괜찮다고 하며 말렸다.

다이닝 테이블에는 내가 먹을 아침 식사가 남아 있었다.

밥은 보온 솥 안에, 된장국은 냄비 안이겠지.

된장국을 데우고, 밥을 퍼서 담았다. 주식은 연어 뫼니에르다. 은색 알루미늄 호일을 벗기자, 아직 약간 따뜻한 핑크색 살이 모습을 보였다. 간장 병에 손을 뻗다가, 문득 나는 요전에 교자를 먹었을 때 나눈 대화를 떠올렸다.

발라낸 살을 시험 삼아서 그대로 입으로 옮겨 씹어봤다.

—달아.

처음 느낀 것은 단 맛이었다. 버터의 달콤함이 아니네.

소금과 후추만 뿌려서 간을 한 뫼니에르 위에 올린 레몬이, 혀끝에서 느껴질 정도의 희미한 산미를 더해준다. 간이 담백하기 때문에 알 수 있는 걸까?

연어는 이런 맛이었던가? 신선하게 느껴진다. 이미 익숙한 생선이라고 생각했는데. 맛있는데, 어째선지 조금 분하기도 했다. 이상한 느낌이야.

간을 담백한 소금후추 베이스로 하는 건 아야세 양 가정의 기본방침인 모양이다. 이 이상의 진한 간은 테이블 중앙에 놓여 있는 조미료 거치대에서 각자 취향에 맞추도록 되어 있었다.

이것도 「간격 조정」 중 하나다. 무리하게 어느 쪽 가정의 맛을 강요하지 않는다는 의미로.

나는 조미료 거치대의 간장병을 집었다.

간장을 종지에 담아서, 두 번째는 그걸 찍어서 먹어봤다. 늘 먹는 맛. 하지만 이것도 역시 맛있다.

"으음~. 그러니까 이건……."

그냥 내가 간장을 좋아하는 건가?

휴일 아침부터 요리의 맛이란 무엇인가라는 철학에 눈을 뜰 것 같았다.

"……타."

사고를 빙빙 돌리고 있던 내 귀가 누군가의 목소리를 포착했다. 아버지다. 나는 철학을 식탁 위에 던져놓고, 고개를 거실 쪽으로 돌렸다.

"미안, 불렀어?"

"응. 뭔가 생각하고 있었니?"

"응…… 조금. 그래서 뭔데요?"

간장과 소금후추에 따른 요리철학에 잠겨 있었다고 하면 아버지도 난처하겠지.

"올해도 시골에 갈 예정이니까, 유우타는 어떨까 해서."

"나는…… 괜찮은데."

반사적으로 아키코 씨 쪽을 봤지만, 새어머니는 이미 이야기를 들었는지 웃으며 고개를 끄덕였다.

"사키한테도, 벌써 말을 해뒀어. 유우타가 마지막인데. 무슨 예정, 있니?"

"아, 저는 괜찮아요."

나는 급하게 수긍했다.

아버지의 친가는 나가노 쪽이었다. 대학이 도쿄라서, 진학한 뒤로는 도쿄에 살기 시작했다고 한다. 그리고 졸업한 뒤에도 줄곧 이곳에 남은 거지.

나가노의 시골에는 매년 신년에 친척들이 모이는 관습이 있어서, 나도 어렸을 때부터 정월은 나가노에서 지내는 일이 많았다.

초등학교 무렵은 친어머니도, 매년 아버지의 귀향을 따라갔다.

다만 그 사람은, 마지막까지 아버지의 친척들과 진심으로 친해지진 않았다고 생각한다. 돌아오는 차 안에서는 그들에 대한 불평이 많았고, 그걸 나는 복잡한 마음으로 듣고 있었다. 나는 사촌들과 나름대로 친하게 지냈으니까, 즐거운 추억에 찬물을 끼얹는 기분이었다.

"다행이다. 그러면 다 같이 갈 수 있네."

아키코 씨가 웃으며 말했다.

그렇다면 아야세 양도 괜찮다는 거겠지.

문득 생각나서 물어봤다.

"아키코 씨는 시골에 귀성 안 해도 괜찮아요?"

현대에는 『귀성』이란 풍습 자체가 쇠락해가는 것 같기도 하지만, 신년 정도는 떨어져 사는 자식의 얼굴을 보고 싶다, 라는 가족의 심정마저 없어진 건 아니다.

그렇지만, 그런 내 물음에 아키코 씨는 쓴웃음을 지었다.

"우리 친척은, 다들 자유롭거든. 딱히 모임 같은 건 없어."

그래도 내년 설에는 만나러 갈까 생각한다고 했다.

환경이 바뀐 직후라는 것도 있어서, 올해는 어수선하니까 만나러 가잔 얘기가 없었던 모양이다.

"뭐, 나도 바빴던 일이 피크를 넘어갔으니까. 이번 연말연시는 오랜만에 느긋하게 지낼 수 있겠다."

"나도 29일부터 5일까지는 휴가를 냈어."

아키코 씨가 일하는 곳이 시부야의 바라는 걸 생각하면, 해를 넘기면서 마시러 오는 손님도 있을 법한데…….

그런 의문이 내 표정에 드러난 모양이다.

"언제나 일을 꽉 채워서 하고 있었으니까, 이번 연말 정도는 괜찮아."

"다행이네요."

바쁠 때의 아버지도 잔업이 심했었지만, 아키코 씨도 불규칙한 시간대의 야간형 근무를 선다.

그리고 주점은 일이 끝난 다음에 들르는 장소니까, 주말이 꼭 휴일이라고 장담할 순 없다.

충분히 휴식을 했으면 좋겠다. 그러나 아무래도 아키코 씨는 일을 쉬면 그만큼 가사를 하는 성격인지, 「겨울 방학 동안에는 사키를 쉬게 하고, 내가 아이들이 좋아하는 요리라도 만들어 버릴까」라고 말하기도 했다.

"오히려 아야세 양은 겨울 방학 동안은 어머니가 쉬기를 바라지 않을까요? 요리는 제가 도울 테니까요."

"어머니……."

"아."

아야세 양의 어머니, 라는 의미였는데. 그래도, 감격한 표정을 지어 버려서 나는 정정도 못 하고 — 할 필요도 없으니까 — 이어지는 말을 삼켰다.

"나도, 유우타의 의견에 찬성이야. 겨울방학 동안에는 몸을 쭉 뻗고 쉬는 게 좋지 않을까? 아이들도 그렇게까지 보살펴야 할 나이도 아니니까. 그리고 당신은 쉬는 날이 아니라도 틈만 나면 요리를 만들어 주잖아."

"어? 그, 그랬던가?"

"그랬어. 지난주에 만들어준 그라탕은 맛있었지."

"또 만들게요."

"고마워."

그렇게 말하면서 웃는 아버지와, 그걸 보고 수줍은 기색의 아키코 씨.

잘 먹었습니다. 마음속으로 합장을 했다.

"아, 그렇지."

문득 방금 전 아키코 씨의 말이 머리 한구석에 걸려서, 나는 입을 열었다.

"아야세 양이 좋아하는 요리는 뭔가요?"

아키코 씨가 나를 보았다.

"사키가 좋아하는 거?"

"네. 방금 전에 그랬잖아요. 좋아하는 요리를 만들까, 라고."

그러자 아키코 씨가 턱에 손가락을 대고 천장을 보았다.

"그렇네…… 어렸을 때 일하느라 바빠서 정성들인 걸 먹여주지 못했거든. 조금 수고가 드는 요리를 좋아하는 것 같아. 양배추 롤이나 비프스튜 같은 거."

그렇구나. 푹 졸이는 요리인가?

"단지, 비프스튜는 집에서 만드는 것보다 밖에서 먹고 싶어 할 거야."

"어, 그런가요?"

아야세 양은 그다지 외식하는 이미지가 없어서 나는 놀랐다.

"어렸을 때 근처에 맛있는 양식점이 있었어. 거기서 먹은 비프스튜를 엄청 좋아했거든."

"그랬었군요."

"집에서도 만들어 주려고 했었는데, 좀처럼 맛을 재현하기 어려웠어."

슈퍼에서 살 수 있는 고기로는 무리인 걸까, 하면서 신기하다는 반응이었다.

"그러고 보니 내일은 둘 다 저녁 먹고 들어온다고 했지?"

"네. 정확하게는 알바 같이 하는 사람들이랑 먹을 거예요."

내일 외식은 아버지와 아키코 씨에게도 미리 말해뒀다. 아무래도 연락을 안 하고 둘이서 늦게 돌아오면 걱정할 테니까.

한 스푼 정도의 거짓말로, 단둘이 아니라 같이 일하는 사람들의 친목회라고 해뒀다. 속이는 것 같아서 마음이 살짝 아프지만, 더 커다란 비밀을 품고 있으니까 어쩔 수 없다고 스스로에게 말했다. 이렇게 거짓말은 눈덩이처럼 커다랗게 불어나는 걸지도 모른다. 동화의 교훈 같은 생각을 해버리고 말았네.

"혹시 생일이니까 사키가 좋아하는 걸로?"

"음, 네. 생일 파티는 아니지만요. 기왕이면, 그렇게 해볼까 싶어서요. 제가 좋아하는 걸 물어봤다는 건 비밀로 해주세요."

"좋은 오빠네."

"아하하. 보통이죠."

그래. 이건 보통이다. 오빠가 여동생의 생일을 신경 쓰는 건, 친남매라도 흔히 있는 일이다. 둘이서 외식을 하는 것도 드물지 않을 거야.

나랑 아야세 양의 관계는 남매로서 변명할 수 있는 범위 안에 머물러야 한다.

완전히 식어버린 생선살을 주섬주섬 먹으면서, 나는 평소의 토요일과 다름없이 학원으로 갔다.

오전 강의가 끝나고, 50분의 점심 휴식에 들어간다.

아야세 양의 선물을 살 거면, 이틈에 얼른 다녀와야 오후 강좌에 안 늦을 거야.

재빨리 짐을 정리하고 교실을 나섰다. 복도를 걸어서 건물의 출구로 가는 도중에 아는 얼굴이 이쪽을 향해 걸어오는 걸 발견했다.

"어머? 벌써 돌아가나요?"

키가 큰 여자— 후지나미다.

"아니, 조금 용건이 있어서 나갔다 오려고."

"그랬나요. 그럼."

짧은 인사를 나누고 스쳐 지나간다. 건물을 나서자, 겨울의 회색 하늘이 눈에 들어왔다.

길을 건너는 바람이 전선을 흔들어 새된 소리를 냈다.

옷깃을 여미고 나는 발 빠르게 움직였다.

목적지인 목욕 용품 전문점은 시부야 역 근처에 있는 복합 상업시설 안에 몇 갠가 존재하고 있었다. 전부 돌아볼 여유는 없지만, 미리 인터넷에서 찾은 정보로 후보군은 좁혀뒀다.

그러나 가게의 모습을 보자마자 한순간 발이 멈췄다.

이거, 들어가기 어렵네.

휴일이라 그런 걸까? 여성 손님이 몇 명인가 있었는데, 남성은 없다. 목욕 용품에 남녀의 차이는 없을 거라고 생각했는데, 그런 것도 아닌가 보다.

갈색과 백색을 기조로 한 그 가게에는, 그렇게 넓지는 않지만 상품이 주르륵 진열되어 있었다.

아야세 양이 가지고 싶어 한 것은, 「목욕할 때 쓸 조금 좋은 비누」다.

마음을 굳게 먹고 가게에 들어섰다.

주변 손님이 여성밖에 없어서 미묘하게 불편한 느낌이 들지만, 선물을 위해서라고 스스로에게 말했다.

비누는 어느 거지?

익숙한 패키지가 하나도 안 보여서 조바심이 났다.

"어떤 것을 찾으시는지요?"

누가 말을 걸어서 심장이 철렁했다.

돌아보니 앞치마를 두른 여성이 생긋 웃음을 지으면서 고개를 갸웃거리고 있었다.

"아, 그러니까……."

“도와드릴까요?”

「어디까지나 도움이 필요하다면」이라는 뉘앙스를 드러내면서, 상대방에게 위압을 주는 느낌을 보이지 않는다. 프로다. 나도 서점에서 알바를 하고 있으니 알 수 있다. 손님에 따라서는 점원과 커뮤니케이션을 하는 것 자체가 거북한 사람도 있는 법이다. 뭐, 나도 그렇지만.

“저기, 비누 코너는…….”

“이쪽입니다.”

“고맙습니다.”

가볍게 인사를 하자, 점원이 스윽 물러났다. 접객을 받는 게 거북하다는 분위기를 읽어준 거겠지. 굳이 추천 상품을 말하거나 하지는 않는다. 다행이야.

비누, 라고 하면 흔해빠진 네모난 상자에 들어 있는 싸구려를 떠올리게 되지만, 눈앞의 선반에 진열된 목욕 비누는 내가 상상한 것과 인상이 달랐다.

내가 상상한 것은 유백색의 네모난 것이었는데, 진열되어 있는 것은 색채도 컬러풀하며, 투명하거나, 마블하거나, 마치 보석이나 젤라또 같았다.

알맹이가 보이도록 배려한 거겠지. 개별 포장은 투명한 비닐패키지였고, 견본품은 포장을 뜯어놓았다.

시험 삼아 하나 집어서 냄새를 확인했다. 캐모마일이라고 적혀 있는 것은 맡아본 적이 있는 허브티의 향기가 났고, 라벤더는 당연하지만 라벤더 향이 났다. 꽃 말고도, 식품이나 초목의 향도 있었다.

넥워머와 비슷한 금액을 생각하면, 두 개나 세 개는 살 수 있겠지. 그럼, 어떤 걸 고를까…….

"아야세 양이 좋아할 법한 건……."

솔직히, 향기(프래그런스)에 대해서는 잘 모른다. 아야세 양의 취향도.

그러나 지금 나에겐 절친인 마루의 고마운 조언이 있다.

『호의를 품은 상대에게 신경 쓰고 있는 것을, 상대가 볼 수 있도록 하는 것도 중요한 거다.』

선물은 상대의 입장에서 생각하는 것이 중요하긴 하다. 그러나 아무리 생각해도 결국은 타인. 상대의 생각을 100% 읽어내는 것 따위 불가능하다. 그렇기에, 나와 아야세 양은 선물로 받고 싶은 것을 미리 서로에게 알려준 거고.

그러나 받고 싶은 것이 넥워머와 비누라는 걸 알고 있다고 해도, 그것은 필요조건이 판명된 것에 지나지 않는다. 충분조건이 아니다.

왼손이 무의식적으로 내 목덜미를 더듬었다.

지금 내 목에는 일주일 전에 받은 아야세 양의 선물이 감겨 있었다. 아야세 양도 이걸 고를 때 「넥워머라면 뭐든지 좋다」라고 생각하진 않았을 거고, 색이나 무늬, 감촉을 확인하고서 정했을 거야.

한편, 계속 나에 대해 생각했다는 것을 어떻게 알 수 있느냐 하면…….

예를 들어서 색.

내가 평소 입는 옷의 색에 어울린다.

그리고 더욱 말하자면, 함께 내 옷을 사러 갔을 때 골라준 옷과 어울릴 것 같다. 무늬가 없는 무지인 것도, 지난번에 아야세 양이 했던 말을 떠올렸다. 돌려 입으려면 무지가 좋다고 했었지.

생각하고 골랐으니까, 그게 전해지는 거겠지.

그렇게 생각하면 지금 이 시간에 아야세 양에 대해 생각하면서 골라야 한다. 예쁜 비누라면 뭐든 좋다고 생각하면 안 되지.

아야세 양이 평소 입는 옷이나 소도구를 떠올렸다.

그것에 맞추어 고른다면, 화사한 색은 어떨까?

화려한 장미 무늬가 새겨진 비누에 손을 뻗으려다, 잠시 한층 더 깊게 생각했다.

「예쁘게 꾸미는 것은 무장」이란 것이 아야세 양의 폴리시다.

그런 그녀가 바디 소프를 쓸 때는 언제일까? 아야세 양은 매일 마지막에 목욕을 한다. 다음 날의 예습을 마치고, 긴장이 풀리고, 이제 자기만 하면 될 때.

그럴 때에도 화려함이나 멋진 모습이 필요할까?

매장을 보니 꽃 모양을 딴 정성 들인 의장이 새겨진 비누도 있고, 심플한 직방체에 가까운 것도 있다.

망설인 끝에, 나는 캐모마일과 라벤더와 레몬그래스(모두 릴랙스 효과가 있는 허브로 알려져 있다) 비누 세 개와, 옆에 있던 버블 소프 파우치라는 것을 샀다. 파우치는 비누를 넣어두는 작은 주머니인가 했는데, 보아하니 비누 거품을 낼 때 쓰는 모양이다. 설명서에는 일단 그렇게 적혀 있었다.

한꺼번에 계산대로 가져가서, 생일 선물이라 포장을 부탁한다고 점원에게 말했다. 계산대에 있는 건 처음에 말을 건 여성이었다. 미소를 지으면서 「네」 하고 짧게 응답해 주었다.

가까이 있던 크리스마스 컬러가 아니라, 증정품을 위한 — 거겠지, 아마도 — 꽃무늬 포장지를 서랍에서 꺼내, 「이거면 될까요?」 하고 시선으로 물어본다.

내가 고개를 끄덕이자, 점원이 산 물건에서 가격표를 세심하게 떼어내고, 구매용 상자에 넣은 뒤 포장을 시작했다.

최근에 나도 서점 직원으로서 포장 작업에서 고생했던 것을 떠올리는 한편, 오늘 학원 끝난 뒤 알바에서도 아마 힘들 것이라 생각하면서, 빙글빙글 포장지를 돌리며 솜씨 좋게 포장하는 점원의 모습을 지켜보았다. 깔끔하게 포장을 해줘서 고맙습니다, 하고 마음속으로 감사했다.

계산을 마치고 가게를 나섰다.

학원이 끝나고, 알바를 하러 자전거를 타고 달렸다.

옷을 갈아입고 사무소에 들어가자, 같은 시간에 근무가 있는 알바 동료들이 이상하게 많은 걸 깨달았다.

오늘은 상당히 인원이 많다. 나랑 아야세 양, 요미우리 선배 말고도 세 명이나 동원됐다.

아무래도 크리스마스가 다가옴에 따라 늘어나는 바쁜 상황을 미루어 보아, 근무를 상당히 보강한 모양이다.

가게 안은 역시 오늘도 혼잡했다.

서로 이야기할 틈도 없이, 계산대와 매장을 바쁘게 돌아다녔다.

짧은 휴식 시간. 어쩌다가 나랑 요미우리 선배만 사무소에 남은 순간이 있어서.

"저기, 선배…… 잠깐 괜찮을까요?"

"3분에 100엔 되겠습니다~."

"……다음에 캔 커피 살게요."

"우리 후배도 잘 알게 됐는걸~. 그래서 사키 양이 왜?"

미묘하게 심장 박동이 빨라졌다. 어떻게 아는 거지?

"청소년의 마음속 따위, 이 누나는 다 알거든. 그래서? 자, 얼른 말해보렴. 뭘 어쩌려고? 호텔 예약하는 법 알고 싶어? 너희들한테는 아직 이르다고 말 안 했던가? 하지만, 할 때는 제대로 해야 한다?"

"발음의 변화(인토네이션)만으로 섹드립은 좀 하지 마세요."

여전히 요미우리 선배의 머릿속 아재는 컨디션 최고인 모양이다. 시대가 점점 변해가고 있으니까, 요즘에는 어엿한 성희롱이니 조심해 주세요.

그게 아니고— 안 되겠어. 이 사람을 상대로 3분 만에 이야기가 끝날 리가 없었다.

캔 커피 두 개로 해결할 수 있을까……?

"저기, 그게…… 이 근처에 비프스튜가 맛있는 양식점, 짚이는 데 없어요?"

"비이프으스으튜우~? 어머나아, 우리 후배. 마침내 육식계 남자가 된 거야?"

"아닙니다."

내가 게슴츠레한 눈으로 노려보자, 요미우리 선배가 그제서야 「그렇네……」 하고 중얼거리며 생각에 잠겼다.

"양식당이라. 뭐, 여기저기 알고는 있어. 쿠도 선생님을 따라서 갔던 비~싼 가게부터, 지갑에 상냥한 리즈너블한 곳까지. 그러니까, 비프스튜가 맛있는 것 말고는 뭔가 조건 있어?"

"그렇, 네요. 그러니까, 저는 고교생이니까 아무래도 너무 비싼 곳이나 너무 격식을 차린 곳도 난처하네요. 그래서……."

"오호라."

"그러면서 어느 정도 흔치 않아서 놀랄만한 가게가 좋

을, 까요?"

"까다로운걸~. 그리고, 그건 놀라게 하고 싶은 누군가가 있다는 거지? 그 사람을 데려가고 싶다는 게 들켜버리잖아~."

넝긋, 하고 요미우리 선배가 시커먼 웃음을 지었다.

"사키 양의 생일날 밥 먹으러 갈 예정이구나~? 그러고 보니, 내일이었지?"

"그야, 뭐."

"좋겠다아, 맛있는 가게에서 데이트네~, 좋겠다~."

"가족 서비스라니까요. 그러니까 음, 인생의 선배로서 후배에게 가르침을 내려주시면 감사하겠습니다."

"저자세로 나오네~. 좋았어. 아아, 그래서 내일 18시에 근무 마치는구나~! 그렇다면, 대략 이동에 15분 정도 걸리는 가까운 가게를 생각하고 있겠지? 그리고, 18시 30분부터 20시 정도까지 가게에서 저녁을 먹을 셈, 이라……."

왜 행동 예정까지 정확하게 맞출 수 있는 거지? 나는 가끔 이 겉으로 보기에는 일본풍 청초 미인 여대생의 뇌를 스캔해 보고 싶어진다.

"요미우리 선배, 언제부터 홈즈가 됐어요?"

"초보적인 추리야, 왓슨 군! 사실 홈즈는 이 대사, 실제 작품에서는 말한 적이 없지만 말이야."

그랬구나. 나도 알고 있을 정도니까 유명한 대사인 줄 알았는데.

"그 사람이라면 분명 말했을 것 같은 대사는, 때때로 실제로 한 말보다도 사람들의 인상에 남는 거야. 밈이란 건 그렇게 만들어지는 거지."

"흐음, 그렇군요."

"그건 그렇고, 알았어. 나중에 조사해서 LINE 보낼게에. 맡겨만 둬! 반짝!"

요미우리 선배가 말하고, 훌훌 손을 흔들더니 등을 돌렸다. 그리고, 입으로 의성어를 더하는 사람 처음 봤어.

"감사합니다!"

내 목소리를 등으로 들으며, 선배는 발 빠르게 사무소를 나섰다.

이상하게 서두른다고 느끼며 문득 벽시계를 보았다.

긴 바늘이 정확히 3분을 움직여서, 휴식 시간이 끝나 있었다.

……역시 여러 가지 의미로 굉장한 선배야.

어안이 벙벙해졌다가, 급하게 내 책무를 떠올렸다.

매장에 나서자 조금 전보다 더욱 손님의 수가 늘어난 걸 깨닫고, 나는 조금 기가 막혔다.

이대로 가면, 크리스마스 당일 알바는 격렬한 전쟁이 될 것 같군.

우러러본 하늘은 전원을 끈 디스플레이처럼 새까맣다.

크리스마스에 끓어오르는 번화가의 불빛이 그 검은 하늘을 향해 손을 벌리고 있었다.

알바를 마치고 평소와 같은 돌아가는 길. 자전거를 밀면서 나는 아야세 양 옆을 걸었다.

"쓰고 있구나."

내 목덜미를 보고 아야세 양이 말했다. 가로등이 비추는 얼굴에 살짝 기쁜 표정을 짓고 있었다.

"그야 물론. 따뜻해서 좋아. 고마워."

"응. 도움이 되어 다행이야. 있지, 내일 가게는 혹시 정했어?"

짧게 정돈한 머리칼을 흔들면서 아야세 양이 물었다.

"미안, 아직. 하지만 예약은 꼭 해둘게."

요미우리 선배에게만 아니라 마루한테도 은근슬쩍 물어봤는데, 둘 다 아직 답신이 없다. 돌아가면 또 인터넷으로 조사해 볼 생각이다.

조금 걱정되는 건 인터넷으로 확인해 봤더니 이미 상당히 많은 가게가 예약이 가득 차 버렸다는 것이다. 특히 내일은 크리스마스랑 가장 가까운 일요일. 만약 어느 가게에서도 예약을 못 잡으면 어떡하지…….

뭐, 생각해도 어쩔 수 없는 일이다. 찾는 수밖에 없어.

"기대해도 좋아."

더는 물러날 수 없는 말을 덜컥 해버려서, 나는 내심 머리를 감싸 쥐었다. 그렇지만, 해버린 말은 주워 담을 수 없다.

"응……? 응, 기대되네."

내 말에 아야세 양이 어쩐지 뭔가 위화감을 느낀 모양이다.

기대되네, 가 아니라, 기대해, 라고 내가 말해버렸기 때문이겠지. 위험해라. 머리 회전이 빠른 아야세 양이라서, 약간의 말에서 내가 뭔가 준비하고 있다는 걸 감지했을 것이다.

얼버무리는 게 서투르다는 자각이 있는 내가 할 수 있는 일은, 얌전히 침묵을 지키는 것뿐이었다.

맨션으로 돌아왔다.

아야세 양과 함께 저녁 식사를 마쳤다.

"그럼, 내일 봐."

"응. 잘 자."

아야세 양이 방에 들어가는 것을 배웅하고 내 방에 돌아왔다.

목욕하기 전에 인터넷을 뒤지려고 한 타이밍에 휴대전화의 알림이 울렸다.

요미우리 선배의 이름이 잠금 화면에 힐끔 보였다.

급하게 LINE을 열었다.

추천하는 양식당의 이름과 URL이 주르륵 있었다.

감사의 답신을 했다.

다시 알림과 함께 추신이 왔다.

【위쪽의 가게가 쿠도 선생님의 추천인데, 아마 벌써 예약은 다 찼을 거야(맛은 보증하지만!). 그러니까, 지금부터라도 비어 있을 법한 가게를 아래쪽에 추가해뒀어~. 힘내!】

마지막까지 읽고서, 쓴웃음을 지었다. 힘내라니, 뭘요.

한 번 더 감사의 답신을 하고서, 나는 막 받은 URL을 모조리 열기 시작했다.

분명히 요미우리 선배가 추신으로 말한 것처럼, 위쪽에 있는 가게는 이미 모두 예약이 가득했다. 그리고 대학 준교수의 추천이라 그런지, 고교생에게는 조금 비싸다.

이미 심야 직전이니까 영업시간을 마친 가게도 있었지만, 다행히 인터넷 예약을 할 수 있는 가게가 대부분이었다. 어쩌면 그런 가게를 골라준 걸지도 몰라.

아야세 양이 좋아하는 비프스튜가 있고, 그러면서 고교생이라도 아슬아슬하게 너무 비싸지 않은 가격대의 가게를 골라 예약 상황을 조사했다.

번화가를 중심으로 역에서도 가까운 상업시설 위층에 있는 양식당 하나를 발견했다.

예약 상황에 △표시가 되어 있으니까, 아슬아슬하게 가능하겠어.

급하게 내 이름으로 두 사람 등록을 마쳤다. 레스토랑에 예약을 잡는 건 태어나서 처음이라 긴장했다.

안도의 한숨을 쉬었는데, 요미우리 선배가 또 무슨 메시지를 보냈다.

【있잖아. 최근에 핫한 신작 영화 있어? 보러 가고 싶다고 생각하는 거.】

영화?

갑작스럽네. 그렇게 생각하면서도, 나는 북마크를 해둔 영화 관련 사이트에 화면을 이동시켜 바라보았다.

이제부터 공개되는 신작 일람을 스크롤해서 찾았다.

"아, 그렇네. 이거, 이번 주말부터였구나."

완전히 잊고 있었는데, 유명한 애니메이션 감독이 3년 만에 낸 신작이 어제부터 공개되고 있었다.

신선한 마음으로 보고 싶으니까 사전 정보를 차단해 둔 탓에 타이틀 말고는 아무것도 모르지만, 전작도 전전작도 전전전작도 재미있었으니까 분명 이번에도 틀림없이 재미있겠지. 나는 이 감독 작품에서 일상의 자연스러운 묘사를 좋아했다.

공개될 때마다 화제가 되는 감독의 작품이다. 아직 이틀째지만, 지금쯤 SNS에 산더미 같은 감상과 평론이 넘치고 있겠지.

스포일러는 싫으니까 안 보지만.

타이틀과 작품의 홈페이지를 첨부해서【이거 어떨까요~】라고 대답했다.

【오오. 그렇구나아, 그렇네. 이거네~.】

요미우리 선배도 영화 자체는 알고 있는 모양이다.

그건 그렇고 왜 갑자기 영화 같은 걸 물어보는 거지? 혹시, 또 같이 보러 가자는 건가?

그러나 아야세 양에 대한 마음을 자각한 지금은, 설령 직장의 선배라고 해도 여성과 단둘이 영화를 보러 가는 건 망설여진다.

【그건 그렇고, 갑자기 물어보네요~.】

가볍게 물어봤더니, 요미우리 선배가 마치 미리 준비한 것처럼 재빠르게 답신을 보냈다.

【내가 먼저 보고 스포일러해 주려고!】

안정적인 요미우리 선배였다.

【절대 하지 마세요.】

3년 기다렸다고. 아무리 그래도 농담이겠지만, 농담이라도 스포일러를 당하고 싶지는 않다.

아마, 순수하게 영화를 보고 싶었던 것뿐이겠지.

자의식 과잉이었다는 게 조금 창피해진다.

나는 가게의 정보 제공에 대한 감사를 반복하고 밤 인사를 보냈다.

내일은 이제, 아야세 양의 생일이다.

무사히 예약이 접수됐다는 메일이 온 것을 확인하고 나는 잠들었다.

●12월 19일 (토요일) 아야세 사키

휴일의 오모테산도가 붐비는 것 정도는 예상했어야 했어.

보도에는 사람이 넘치고, 앞이 안 보인다. 차도도, 흘러가는 차가 느릿느릿하며 나아가지 못한다.

게다가 지금은 마침 점심시간이라, 식사를 하려는 사람들이 길을 헤매고 있었다.

휴대전화에 시선을 내리면서 지도 앱을 확인했다.

학원의 바로 앞에 있는 무슨 카페라고 했었는데.

—어라? 이 학원은…….

이름이 낯이 익은 것 같아.

"사키~! 이쪽이야!"

내 이름을 부르는 소리에 고개를 들었다.

길 앞쪽에, 인파 속에서 손을 훌훌 흔들며 뿅뿅 뛰고 있는 소녀의 모습을 못 본 걸로 하고 싶어.

열심히 발 빠르게 달려갔다.

"마아야. 창피하잖아!"

"뭐가?"

정색하며 대답하자, 내 감성을 한순간 의심해 버렸다. 어, 이거, 내가 이상한 거야?

"하아. 뭐, 됐어."

말하면서, 나는 마아야가 서 있는 줄에 같이 섰다.

테라스석이 있는 카페다. 가게 밖에는 네 명이 앉을 수 있는 테이블이 셋. 이 시기는 조금 춥다고 생각했는데, 벌써 잔뜩 앉아 있었다.

프랑스어? 이탈리아어? 읽을 수 없는 가게 이름이 적힌 간판 옆에 우리는 나란히 섰다. 바람이 차가워서 빨리 가게에 들어가고 싶다. 그렇게 생각했는데, 시간이 얼마 안 지나 점원이 나와서 줄을 서 있는 손님들에게 예약 유무를 확인하고 다녔다.

그렇게 점원이 우리 앞까지 왔다.

"나라사카입니다. 두 명이요."

"네. 12시 반에 예약하신 나라사카 님이군요."

그리고 줄에서 빠져나와 가게 안으로 안내를 받았다.

컨셉이 「도회지의 오아시스」라서 그런지, 선명한 녹색을 한 관엽식물이 여기저기에 있었다. 가게 안쪽에는 작은 샘까지 마련되어 있었다. 졸졸 물이 흐르는 소리도 들린다.

길가를 볼 수 있는 창가 자리에 「예약석」의 삼각 팻말이 있었다. 나무테가 예쁜 2인석.

자리에 앉자, 창 너머 길 반대쪽에 지도 앱으로 본 학원의 간판이 보였다.

아아, 깨닫고서 무심코 납득했다.

기억하는 것도 당연하다. 저 학원은 아사무라 군이 다니는 곳이잖아.

무심코, 휴대전화의 시간을 확인하게 된다. 12:32. 이 시간이라면, 아마 마침 오전 강의가 끝났을 무렵.

"왜애? 뭐 보여~?"

목소리에 황급히 창에서 눈길을 떼었다. 마아야를 보았다.

"아무것도 아냐."

"흐응~?"

"아, 여기, 메뉴."

테이블 위에 놓여 있던 두 번 접힌 메뉴를 건네려고 했는데, 마아야가 그걸 손바닥으로 가로막았다.

"괜찮아. 오늘은 내가 사는 거잖아. 벌써 예약해뒀지~."

"그렇구나."

"팬케이크, 기대되네. ……그래서, 뭐가 보였어?"

"……그러니까, 아무것도 아—."

"아, 아사무라다!"

당황해서 창 쪽으로 고개를 돌려버렸다. 헉. 설마 이거 유도? 라고 깨달았었지만 실제로 아사무라 군의 모습을 발견했다.

학원의 건물 출구에서 나온 아사무라 군이 서두르는 기색으로 어디론가 달려갔다.

휴식 시간일 테니까, 밖에서 식사하려는 걸까?

하지만 인파에 섞여서 순식간에 안 보이게 됐다.

"저기, 학원? 저런 데 다녔구나."

"여름부터 계속 같은 곳이야."

"헤에~ 호오~ 흐응~. 오빠의 일정을 확실하게 파악하고 계시는구먼~. 그러고 보니 아사무라, 시험 성적 올랐다며?"

어디서 입수한 정보일까? 그러나, 사실이니까 나는 수긍했다. 이 정도는 남매니까 알고 있어도 당연할 거야.

"학원에 다닌 성과구나~. 하지만, 엄청 서두르네. 그렇게 손을 흔들었는데 이쪽을 못 봤어~."

"손을…… 흔들어?"

어? 창 너머로 흔들었어? 창피하지 않아? 황급히 주변을 둘러봤지만, 다행이라고 해야 할지, 다들 식사에 열중하느라 아무도 우리들을 보지 않고 있었다.

"전혀 눈치를 못 채더라~."

"그야, 그렇겠지."

오모테산도의 도로는 편도 2차선에 주차 공간까지 있는 커다란 길이다. 게다가 중앙분리대도 있는 데다가, 가로수가 늘어서 있어서 시야를 가린다.

길 너머에서 가게 안에 있는 손님이 손을 흔든다고 해도, 자기를 향해 흔든다고 생각하긴 아무래도 힘들 거야.

나로서는 그건 다행이었다. 발견되고 싶지 않다고 생각했어. 마치 만나고 싶어서 와버린 것처럼 오해할 것 같으니까.

"하지만, 사키도 금방 발견했잖아."

"윽. 그, 그건 뭐…… 남매니까."

"히힛."

"하아. 그러니까, 그런 게 아니고—."

아무래도 대화의 페이스에 끌려가게 된다. 늘 그렇지만.

"기다리셨습니다."

점원의 목소리에 고개를 들었다.

점원이 가져온 것을 보고 나는 무심코 소리를 냈다.

생일 축하로 유명한 팬케이크 가게로 가자고 마아야가 말한 것이 금요일, 다시 말해서 어제였다. 일요일을 생각했지만 토요일로 변경했으니까, 예약을 한 것도 어제일 텐데. 그래서 그냥 같이 밥을 먹을 생각으로 왔는데.

"생일 축하해, 사키!"

테이블 위에 놓인 것은 그냥 팬케이크가 아니었다.

케이크 위에는 초콜릿으로 된 「Happy Birthday」 문구. 게다가, 귀여운 초까지 꽂혀 있었다. 점원이 앞치마에서 꺼낸 점화 기구로 불을 붙였다. 더욱이 생일 축하 노래까지 시작하고, 마아야가 그에 맞춰서 노래하기 시작했다. 꽤 커다란 소리를 내니까 주변 손님들이 이쪽을 보고 있다.

"자자자! 불 꺼야지!"

그 말에 황급히 불을 불어서 껐다.

커다란 박수 소리가 울렸다.

다, 다들 보고 있어…….

주변 손님들까지 미소를 지으며 우리를 향해 손뼉을 치고 있었다. 기쁘지만, 이건 꽤 창피해. 쑥스럽다. 생일을 이런 식으로 축하받은 건 처음이야.

"이게 서프라이즈란 거야! 으쓱!"

가슴을 쭉 펴고 허리에 손을 댄 포즈를 취한다. 혼신의 으쓱댐이었다.

"마지막의 『으쓱』이 괜한 거라고 생각하는데."

"다시 말해서, 가능의 가능의 가능이란 거지!"

"어째서……?"

"후후. 하지만, 기쁘잖아?"

"그, 그건. 그야…… 싫지는 않아."

"그래서, 여기 생일 선물."

"어, 아니. 점심 사주는 걸로도 충분한데."

"대단한 것도 아니라니까. 자자, 열어봐."

손바닥에 올라가는 사이즈니까 방심했다. 포장지를 풀고 열어봤더니 안에서 나온 것은— 립스틱이다.

"그거라면, 아무리 많아도 좋잖아!"

"그렇……네."

손에 집어 바라보고, 마아야의 센스에 혀를 내두르고 말았다.

일단, 스틱 디자인이 귀엽다. 화려한 무늬로 장식된 것이 아니고 깔끔한 원통형에 가깝지만, 살짝 굽이친 부분이

HappyBirthda

라든가, 커버랑 손잡이의 색 조합이라든가, 내 취향에 맞아서 좋다고 생각하게 된다.

슥 돌려서 색을 보았다. 너무 화려하지 않아 고등학생이 평소에 써도 문제가 없겠어.

"보습 성분 들어 있는 걸로 샀어~. 건조한 계절이니까."

"……고마워."

오래 생각한 끝에 골라준 선물이라는 걸 알 수 있다.

엄마랑 둘이 살면서 딱히 괴롭다고 생각한 적은 없었다. 그렇지만 아무래도 생활 우선이 되어 버려서, 엄마의 생신 선물도 실용성에 중점을 둔 것을 요청하는 일이 많았다.

그리고, 이렇게까지 친구가 생일을 축하해 준 건 처음일지도 몰라. 애당초 축하해 주는 친구가 없기도 했지. 마아야랑 이렇게 친해진 건 최근이니까. 아사무라 군을 보고 싶다고 하면서 집으로 쳐들어왔을 무렵부터일까?

선물을 줄 거라고 예상도 못 했던 것도 컸다.

"그래서, 어때? 서프라이즈를 받은 감상은~."

"응. 분해."

"그게 뭐야!"

"후후."

고마워.

하지만—.

이렇게 중요한 거라면 미리 가르쳐주길 바랐어. 정말로.

아사무라 군의 생일에 해주지 못한 게 분하다. 서프라이즈가 이렇게 기쁘다는 걸 알았다면, 뭔가 생각해 봤을 텐데.

팬케이크는 참 맛있었다.

그날 알바가 끝나고, 맨션으로 돌아오는 길을 아사무라 군과 걸었다.

번화가를 빠져나오자 길을 비추는 불빛의 수가 줄어들고, 올려다보는 밤하늘에 아주 조금만 별빛이 돌아왔다. 우러러본 검은 캔버스에 같은 간격으로 벨트의 구멍처럼 늘어선 세 개의 밝은 별이 보였다. 저거, 무슨 별자리일까? 아사무라 군한테 물어보면 알 수 있을까?

힐끔. 옆을 걷는 그의 목덜미를 훔쳐보았다.

"쓰고 있구나."

"그야 그렇지. 따뜻해서 참 좋아. 고마워."

내가 산 넥워머를 써주는 게 이렇게나 기쁘다니.

그리고 내일은 내 생일이다. 새아버지랑 엄마의 허가를 받아서, 둘이서 식사 약속을 했다. 좋아하는 사람과 보내는 생일은 처음이라, 살짝 고동이 빨라지게 된다.

자연스럽게 물어봤는데, 아직 어느 가게에 갈지 못 정한 모양이다.

기대해도 좋아.

그 말을 듣고, 나는 한순간, 위화감을 느꼈다.

"응……?"

입 밖으로 소리가 나온 탓에 급하게 「응. 기대되네」라며, 깨닫지 못한 척하면서 덧붙였다.

기대—해도 좋아?

이상한 말이야.

가게를 정했다면, 좋은 가게니까 기대해, 라는 뉘앙스로 받아들일 수 있지만…….

하지만 아사무라 군은 아직 가게를 못 정했다고 했다. 어디에 갈지도 정하지 않은 상태에서 「기대해도 좋아」라는 건 대체……?

그러니까 그건, 뭔가 꾸미고 있다는 게 아닐까……?

이것저것 생각해 버려서, 나는 자연스럽게 말수가 줄었다. 아사무라 군도 대화를 거기서 멈춰 버려서, 집에 도착할 때까지 생각할 시간은 충분했다.

이건, 혹시…….

아사무라 군이 뭔가 서프라이즈를 준비하고 있다는 게 아닐까?

하지만, 만약 그렇다면 캐물어도 행복해지는 사람이 없겠지. 기뻐지는 깜짝 선물(서프라이즈)이 멋지다는 걸, 나는 오늘 막 배운 참이다.

그래서, 내용은 모르는 채 기대하고 싶었다.

자택의 맨션에 도착한 뒤 평소처럼 아사무라 군과 저녁을 먹고, 잘 자라고 인사를 한 뒤 각자 방으로 돌아갔다.

나는 내일 예습을 마치고 목욕을 끝마친 뒤 침대에 들어갔다.

알람을 세팅하고, 오늘 일을 돌이켜봤다.

다음 마아야의 생일에는 나도 뭔가 서프라이즈를 해주고 싶다거나, 내일 식사 때 아사무라 군이 대체 뭘 하려는 걸까 등 이런저런 생각이 들었다.

그건 그렇고—.

아사무라 군이 무심코 흘려버린 위화감이 있는 말은 단 한 마디였다.

기대되네, 가 아니라, 기대해도 좋다. 그 미비한 차이로, 나는 그가 어쩌면 나를 놀래주려는 꿍꿍이가 있는 게 아닐까 생각하게 되었다.

침대 속에 들어가서 나는 생각했다.

그러니까 나는, 아사무라 유우타라는 인물이 하는 말에 대해 독해력이 높아진 게 아닐까?

현대문학이 서투른 나니까, 아사무라 유우타라는 책을 정확하게 읽어냈는지 아닌지 자신은 없지만.

내일 밤의 답 맞추기가 조금 기대되고 있다.

아버지가 집에 돌아오지 않고 엄마가 일을 하던 무렵엔, 산타의 선물조차 기대하지 않는 아이였는데.

이렇게 두근거리면서 생일을 맞이하게 되다니.

체온으로 데워진 이불의 온기가 내 의식을 수확하여 잠의 벼랑으로 밀어 넣는다.

눈을 뜨면 아야세 사키의 17번째 생일이다.

—안녕히 주무세요.

●12월 20일 (일요일) 아사무라 유우타

하루 종일, 나는 진정하질 못했다.

아침에 일어났을 때부터, 조금 좀이 쑤시는 것 같은 기분이다. 오후가 되자 서점에서 알바를 하면서도 정신은 딴 데 팔려 있었다.

그리고 순식간에 시간이 지났다.

오늘은 18시에 근무가 끝난다. 앞으로 30분 정도 남았다.

크리스마스가 가까워짐에 따라 시부야의 인파는 점점 늘어나고 있으며, 알바를 빨리 끝내는 것에 대해 미안한 마음을 느끼기도 했다.

안 그래도 12월 말의 서점은 평소보다 고생스럽다.

연말연시는 유통이 멈추니까, 평소에는 월말에 간행되는 신간도 스케줄을 앞당겨 평소보다 빨리 발매된다.

다시 말해, 평소보다 단숨에 신간이 나온다.

그래. 이것이 이른바 『연말진행』이라는 거다. 작가도 편집자도 울면서 사과하는 이 지옥의 스케줄(이라고 한다)의 성과로 서점의 고생도 앞당겨진다.

일주일에 10권의 신간이 나오던 것이 20권이나 나오면, 신간을 놓을 평상이나 장소가 없어서 어떻게 둬야 할지 궁리할 필요가 있고, POP를 적는 양도 일시적으로 두 배가 된다.

그리고 그런 걸 모르는 손님은 평소처럼 사러 왔다가 당황하고, 점원은 그에 대한 대응에 쫓기게 되는…….

누군가가 들떠있을 때도, 누군가는 피땀을 흘리며 일하고 있다. 그렇게 세상은 탈 없이 움직이고 있는 것이다.

그저 감사할 따름이다.

나도 다른 누군가가 들떠 있을 때 도움이 된다면 좋겠다.

그러고 보니, 오늘은 나랑 아야세 양을 이어 요미우리 선배가 교대로 근무에 들어왔을 텐데.

나는 퇴근하기 전에 책장 정리를 시작했다. 하다못해 조금이라도 다음 알바 동료를 위한 잡일을 줄여두고 싶다.

퇴근 시각이 되어 사무소에 돌아왔다.

"어라?"

문을 열고, 나는 놀랐다.

요미우리 선배가 있었다.

18시 출근의 알바 몇 명인가는 벌써 매장으로 향했는데, 이렇게 아슬아슬한 시간까지 사무소에 있을 줄은 몰랐다.

"선배치고는 희한하네요."

"혹시, 『땡땡이인가요?』라고 태클 거는 거야?"

"에이, 아뇨. 그럴 리가."

"얼른 여기서 나가란 말이지? 너무해~. 이~잉, 잉잉, 히이이잉♪"

“그거, 우는 거 아니죠?”

“우후.”

태클을 걸든, 태클을 안 걸든, 어느 쪽이든 놀리는구나.

“하아.”

한숨을 쉬자, 문이 열리는 소리와 함께 아야세 양이 들어왔다.

“어머? 요미우리 선배, 아직 여기 있어도 괜찮아요?”

“너무해~. 땡땡이 아니거든?”

“아, 지각이었나요.”

“그것도 아냐. 사키 양을 기다린 거거든! 자, 이리 와봐. 지난주에 못 준 선물을 주고 싶었어.”

그렇게 말하면서 여자용 라커룸으로 아야세 양의 손을 끌고 갔다.

“어? 네? 어?”

“어허, 좋은 게 좋은 거야. 이 아저씨한테 다 맡겨 두려무나.”

기어이 스스로 아저씨라는 걸 인정했네. 아니, 그게 아니라.

데스크 끄트머리에서 점장님이 죄다 보고 있고, 벌써 알바 시작 시각인데 저토록 당당하게 데려가 버리다니.

“저 근무 태도, 괜찮아요?”

“뭐, 요미우리 군이 없으면 이 가게가 돌아가질 않으니까.”

점장님이 쓴웃음을 지으면서 말했다.

"그래요?"

"우리 가게의 팀워크를 형성하기 위해서라고 생각하면, 허용범위야."

그 정도까지 말하다니. 요미우리 선배는 무시무시하다.

그 선배는「선물을 건네기만 한다」는 말에 거짓말은 없었는지, 금방 라커룸에서 돌아왔다. 그대로 나를 향해 손을 훌훌 흔들면서 매장으로 나섰다. 싱글벙글 웃는 모습이 살짝 신경 쓰였다.

잠시 지나 옷을 갈아입은 아야세 양도 돌아와서, 우리는 퇴근하여 가게를 나섰다.

18시를 조금 넘었지만, 예약은 18시 30분이니까 충분히 갈 수 있다.

나랑 아야세 양은, 레스토랑이 있는 건물을 향해서 걸었다.

걸어가는 도중에 요미우리 선배의 선물 이야기를 꺼내봤는데, 아야세 양은 뭘 받았는지 애매하게 얼버무리고 가르쳐주지 않았다. 그다지 알리고 싶지 않은 선물이었던 걸까? 음, 아무리 요미우리 선배라도 알바 후배 여자애한테 그렇게까지 묘한 선물을 하지는 않을 것 같은데…….

"여기?"

"응?"

어느새 목적지에 도착했다. 건물 벽에 붙어 있는 음식점의 간판을 바라보며 아야세 양이 걱정스럽게 말했다.

"어쩐지 비싸 보이는 가게가 많은데, 괜찮아?"

"패밀리층을 타깃으로 하는 가게라서, 의외로 리즈너블해."

엘리베이터를 타고 목적한 층까지 올라갔다.

상층의 푸드 플로어에 일식양식중식의 갖가지 점포가 늘어서 있었다.

가게 이름을 플로어 맵으로 찾아보니, 바로 눈앞에 나무테가 새겨진 칸막이로 둘러싸인 레스토랑이 있었다.

"아아, 여기네."

밝은 조명에, 차분한 분위기.

점포의 크기는 충분하고, 테이블과 테이블 사이도 적당히 떨어져 있어서 갑갑한 인상이 없었다.

소란스런 패스트푸드 가게에 익숙한 우리들에겐 덜 익숙한 세계.

다만 주 고객층은 아까 내가 말한 것처럼, 젊은 커플이나 아이를 데리고 온 가족이 많았다. 패밀리 레스토랑이라기에는 고급스럽지만, 호텔의 레스토랑보다는 가벼운 분위기다.

"이런 가게, 처음 왔어. 평소에는 절대로 안 올 거야……."

"뭐, 이왕 맞는 생일이잖아. 가끔은 좋지 않을까?"

다가온 점원에게 이름을 말하자, 그대로 자리에 안내를

받았다.

4인석에 마주 앉았다.

"하지만, 어째서 여기야? 유명한 가게야?"

"아……. 그러니까—."

서프라이즈를 보여줄 때, 어째서 이렇게나 가슴이 뛰게 되는 걸까? 비밀을 지키기 위해 포커페이스를 유지하는 게 훨씬 편한 것 같아.

"여기, 비프스튜가 맛있는 가게라고 해서."

그때까지 알바의 피로 탓인지 그녀는 조금 졸려 보이는 눈치였는데, 내가 그렇게 말한 순간 아야세 양의 눈동자가 본 적 없을 만큼 동그래졌다.

"어……?"

"그게…… 좋아한다고 들었거든."

설마, 음식 취향이 변한 건 아니겠지? 괜한 걱정을 해버릴 만큼의 시간 동안, 아야세 양은 굳어 있었다.

"알고 있었어?"

"미안, 아키코 씨한테 몰래 물어봤어."

건네줄 선물 내용도 알려진 상태에서 가능한, 그러면서도 폐를 끼치지 않을 정도의 서프라이즈를 하고 싶었다.

그렇게 말하자 아야세 양은 또 멍하니 입을 벌리고 있었지만, 어느 순간 문득 표정을 바꾸었다. 조금 불만스런 표정이었다.

"치사해."

"응?"

"나는 못 챙겨줬는데, 아사무라 군만 이걸 하는 건 치사해."

"아, 응. 그렇……구나?"

"나도 아사무라 군을 깜짝 놀라게 해주고 싶었는데."

"아아……."

그것도 그런가. 「기브 앤 테이크에서 기브를 넉넉하게」를 신조로 삼는 아야세 양이다.

본인만 놀라움의 기쁨을 얻는 건, 분명히 그녀에게는 불만이겠지.

하지만 그걸 「치사해」라면서 삐친 어조로 입술을 삐죽거리며 말한 것은 처음인 것 같다. 자기 내면을 솔직하게 밝혀주다니, 예전의 아야세 양이었다면 생각할 수 없겠지. 그만큼 마음을 열어줬다는 것일까? 그렇게 생각하면, 이 삐친 표정은 나에게만 보여주는 것이라 귀엽다고 생각하고 만다.

점원이 「예약석」 팻말을 가져가고, 대신 메뉴판을 두고 갔다.

메뉴를 보는 사이에, 테이블 위에 포크와 나이프나 냅킨이 놓인다.

"정말, 맛있어 보여. ……나, 이걸로 해도 돼?"

추천 메뉴라고 적혀 있는 비프스튜를 가리키면서 말했다.

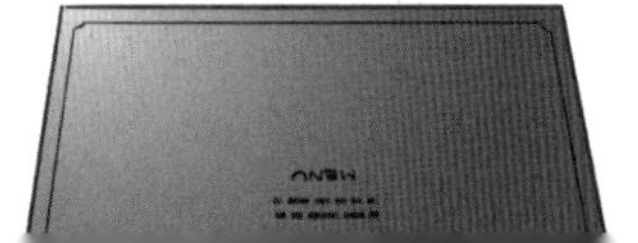

"물론이지."

둘이 함께 비프스튜 세트를 주문했다.

얼마 안 가 요리가 나왔다.

"뜨거운 상태이니, 주의해 주세요."

점원의 말처럼, 스튜가 들어 있는 철제 그릇은 아직 김이 오르고 있었다. 짙은 데미글라스 소스의 희미한 산미가 있는 향이 피어오르며 코를 자극했다.

깊은 다갈색 소스의 바다에 둥그런 붉은 살의 고기 덩어리 둘이 보였다. 비프스튜의 메인인 쇠고기였다.

오렌지색의 당근은 얇은 스틱 모양으로 잘려서 두 조각. 그 옆에는 선명한 녹색 브로콜리가 잠겨 있었다. 슬라이스된 머쉬룸이 다갈색 스튜의 중앙에 하얀 단면을 보이며 떠올라 있다. 적색, 녹색, 백색으로 밸런스 좋게 배치된 색감만 봐도 벌써 맛있을 것 같았다.

잘 졸인 고기는 포크로 찔러서 조금 비틀기만 해도 사르륵 풀어진다.

덩어리를 절반 정도 크기로 만들어 입으로 옮긴 그 순간—혀가 타는 감각을 느꼈다.

"우와뜨뜨뜨!"

"괘, 괜찮아?"

아무래도 덩어리가 너무 컸던 모양이다.

황급히 미네랄워터를 꿀꺽꿀꺽 마셨다. 단숨에 잔의 절

반 정도를 마셔버렸다. 소리 없이 다가온 점원이 즉시 물을 따라주었다.

"감사합니다."

역시 음식 접객의 프로였다. 내 실수 따위 마치 못 봤다는 것처럼 표정 하나 바꾸지 않고 물을 따르더니 소리도 없이 물러났다.

나는 가득 찬 잔에서 조금만 더 미네랄워터를 마셨다.

"아직 뜨거웠어……."

"응. 조심할게."

아야세 양은 나이프와 포크로 깔끔하게 쇠고기를 잘라냈다.

작은 덩어리로 만들어 입으로 옮기더니 기쁜지 표정이 풀어졌다.

"맛있어!"

어렸을 때, 가게에서 먹은 비프스튜에 가까운 맛이 난다며 기뻐했다.

"집에서 만들 때랑 뭐가 다른 걸까?"

"아야세 양도 모르는 구나?"

"응……. 오래 졸이는 요리는 소재의 맛이 수프에 녹아들잖아?"

"아~, 분명히."

건더기의 맛이 전부 수프에 녹아버리는 것은, 최근에 요리를 돕고 있는 나도 체감하고 있었다.

"하지만 이 비프스튜는, 고기 본래의 맛이 한껏 농축된 느낌이 들어."

그런 대화를 하면서, 우리는 비프스튜를 먹었다.

공복이 어느 정도 잦아든 참에 가방에서 꺼낸 선물을 건넸다. 안에는 요청한 것처럼「조금 좋은 비누」가 있었다.

아야세 양이 그 자리에서 포장을 열었다.

"아……. 버블 소프 파우치."

"그건 덤이야."

"고마워. 너무 기뻐."

생긋 미소를 지었다.

"비누도 세련되고 예뻐. 조금 쓰는 게 아까울 것 같아. 어떤 걸 고를지 상상을 해봤는데, 이런 걸 고를 줄은 몰랐어."

그 아야세 양의 말을 듣고, 일부러 힐링되는 향의 비누를 고른 것이 전해졌구나 생각했다. 그렇다면 마루가 말했던『신경 쓰고 있는 것을 상대에게 보여주는 것』이 성공했다는 거니까 계획대로긴 하지만.

그걸 깨달아 버리면, 그건 그것대로 쑥스러운 법이네.

"저기, 말이야……. 엄청 기쁘니까, 그게, 답례로."

아야세 양이, 어느새 무릎에 올려둔 작은 백을 들었다. 고정구를 풀고서 봉투 같은 것을 꺼냈다.

"이 뒤에, 영화, 같이 보러 안 갈래?"

봉투에서 꺼낸 종이를 뒤집어서, 나에게 표면을 보여줬다.

영화 티켓이었다. 상영 개시가 20시 50분. 시부야 역 앞의 영화관 티켓이다. 게다가 영화의 타이틀은 나도 알고 있었다.

그도 그럴 것이, 그건 내가 좋아하는 감독이 3년 만에 공개하는 신작 애니메이션 타이틀이었다.

그제서야 나는 드디어 깨달았다. 물론 이게 우연일 리가 없어.

"혹시……."

"이거, 요미우리 씨가 내 생일 선물이라고 줬어. 아까 받은 거. 『마음대로 써~, 두 장 있으니까, 아사무라 군이랑 같이 갈 수 있잖아』랬어."

역시 요미우리 선배, 무시무시한 책사다.

식사를 마치고 영화관으로 이동했다.

티켓이 당일 한정으로 유효했기에, 낭비하는 것도 요미우리 선배의 호의를 거절하게 되는 셈이라 미안했다.

이건 변명이고, 사실대로 말하면 솔직히 보고 싶었다. 3년을 기다린 신작이니까.

상영 시간도 아슬아슬하게 세이프인 시간이었다.

도쿄에는, 미성년이 밤 23시 이후에 상업 시설을 이용하는 것을 금지한다는 조례가 있다. 이 상업 시설이란 것에는 영화관도 포함되고, 종료 시각이 23시를 넘어 버리면 들어갈 수 없다.

이 영화, 다행히 상영 시간은 20시 50분부터 22시 50분까지.

본편은 아마도 100분을 조금 넘는 길이다.

알바가 끝나는 시간부터 계산해서 티켓을 준비한 거라면, 요미우리 선배의 스케줄링 능력에 혀를 내두르게 된다.

"하지만, 끝나고 금방 나가야 하네."

아야세 양이 말하자, 나도 수긍했다.

귀가가 늦어진다고 집에는 전화를 해두었다.

대신 영화가 끝난 다음에 곧장 돌아간다는 조건으로 허가가 나왔다. 만에 하나라도 늦어질 것 같으면 택시를 써도 된다고 했지만, 그 정도로 늦어지진 않을 거야.

"이거, 어떤 영화야?"

영화관 앞에서 디스플레이를 바라보며 아야세 양이 물었다.

디지털 포스터에는, 고교생으로 보이는 남녀가 그려져 있었다. 하지만 내용은 그걸로 읽어낼 수가 없다.

"호러나, 판타지? 아니면, SF일까?"

"으음~. 사실 잘 몰라."

내 대답에 아야세 양이 뜻밖이란 표정을 지었다.

"모르는구나."

"너무 정보를 접하지 않도록 했거든. 괜한 지식 없이 보고 싶어서."

"헤에…… 정말로 기대하고 있었구나."

"뭐, 그렇, 겠지."

새삼 내가 얼마나 기대하고 있었는지를 자각하자 조금 창피해졌다.

식사를 마친 참이기도 해서, 나도 아야세 양도 티켓을 보여주고 곧장 안에 들어갔다. 안내에 따라 3번 스크린까지 이동.

좌석은 한가운데의 약간 뒤쪽. 올려다보는 상태가 되지 않으니까 목도 아프지 않은 좋은 자리다.

그러면서 집의 TV로 보는 것보다 훨씬 박력이 있다. 뭐, 집에 100인치 스크린이라도 있다면 또 다르겠지만.

하지만 영화관에는 혼자서 볼 때와 다른 풍미가 있다. 동시에 보고 있는 관객들끼리 경험을 공유한다는 감각이다.

자리에 앉아 한숨 돌린 참에 예고편이 흐르고, 조명이 어두워지면서 이윽고 사라지더니 잠시 지나 영화 본편이 시작됐다.

스크린에 비친 것은, 어디든지 있을 법한 고등학교.

교사의 창 너머로 교실 안이 비춰지고, 구석에 앉은 사람에게 카메라가 다가간다. 다가간 것은 검은 머리의 여학생. 포스터에 그려져 있던 소녀의 얼굴이다. 머리색은 다르지만, 아야세 양이랑 닮았다고 생각했다.

영화의 초반은 내성적으로 보이는 그 소녀의 고교생활을 담담하게 그려냈다.

여름방학이 다음날로 다가온 어느 날. 교실 안에서 도난 사건이 일어난다.

범인으로 소녀가 의심을 받는다. 사이가 좋다고 믿었던 친구도 자신의 결백을 믿어주지 않아서, 절망하여 거리를 정처 없이 걷고 있는데 달려온 트럭에 치여서 죽고 말았다.

이세계 전생인가? 라고 생각했더니, 소녀는 기억을 가진 채 과거에 타임 슬립했다.

반복되는 시간 속. 친하게 지내는 친구를 바꿔서 지난 사건을 회피할 수 있어도, 또 다시 친구라고 생각한 다른 인물에게 배신당해, 또 절망하게 된다…….

소녀의 마음은 서서히 닫혀간다.

그러나 어느 때, 반에 전학생이 찾아온다.

포스터에 그려져 있던 또 한 명— 밝은 머리색의 소년이다.

지금까지 괴로운 일을 겪어와 인간불신이 되어 있던 소녀는, 처음에는 구김살 없이 말을 거는 전학생 소년을 마구 경계했지만, 서서히 소년의 따스함을 접하고 황폐해진 마음이 치유되어 간다.

그리고, 또 다시 운명의 날이 찾아온다.

여름방학 전날. 그녀는 이번에는 하필이면 살인 혐의를

뒤집어쓰게 된다. 과연 진범은 누구일까? 어째서 그녀는 몇 번이고 타임 슬립을 하는 걸까?

이윽고 소년의 정체는 미래에서 온 사람임이 판명됐다.

『이건 이른바, 너를 중심으로 한 국소적인 시간 진동이라고 할 수 있는 현상이야. 내버려두면 커다란 상처가 남아서 그걸로 우주가 망가질 가능성마저 있어.』

소년은 그 시공의 상처를 치유하기 위해 1만 년 뒤의 세계에서 왔다고 한다.

『그래서 나한테 접근했어?』

소녀의 물음에 소년은 고개를 옆으로 저어 부정했다. 1만 년 뒤의 미래에서는, 뭐가 원인인지는 알 수 없었다.

『그럼, 어째서?』

『너는 누구 한 사람 믿을 수 없었기 때문에, 이 시대의 상식을 잘 몰라서 다들 기분 나빠하는 나를 특별하게 대하지 않았어. 편견 없이 간격 조정을 할 수 있었어. 그리고…… 네가 만드는 된장국은 맛있었거든. 그건 1만 년 뒤엔 이제 없으니까.』

아무래도 미래의 지구에는 된장국이 살아남지 못한 모양이다.

거기서 키득 웃어 버리자, 동시에 스크린 너머의 소녀도 웃었다.

다음 순간, 소녀는 소년에게 끌어안기고 있었다.

상냥한 목소리로 『너를 여기서 구해줄게』라고 소년이 속삭였다. 마주 끌어안은 소녀가 오열을 흘리며 울고 있었다.

문득, 아야세 양이 시야에 들어왔다. 몸을 앞으로 내밀며 화면에서 눈길을 떼지 못하고 있었다.

그녀의 볼에 한 줄기 눈물이 흘러서 떨어졌다.

나는 황급히 스크린으로 고개를 되돌렸다.

봐선 안 되는 것을 보고 만 것 같은 기분이었다.

동시에, 내 마음에 하나의 감정이 솟아올랐다.

이 사람을 소중히 여기고 싶다.

그런 마음이었다.

영화 속에서는 클라이맥스를 맞이하여 테마송이 울려 퍼졌다.

103분의 영화가 끝나고.

나에게는 잊을 수 없는, 아야세 양의 17번째 생일이 되었다.

●12월 20일 (일요일) 아야세 사키

좁은 라커룸까지, 요미우리 선배에게 이끌려 들어갔다.

이제 곧 알바 시작 시각인데, 괜찮은 걸까?

선배는 자기 라커를 열더니, 거기서 가방을 꺼내 나한테 하얀 봉투 하나를 내밀었다.

"자, 이거."

"네?"

조심조심 받았다. 뭘까?

"생일 선물이야."

얇은 봉투에 들어가는 선물?

상품권이나, 할인권…… 그런 것일까?

열어보라고 보디랭귀지로 말하기에, 나는 봉투를 열어 안에 있는 종잇조각을 꺼냈다.

영화 티켓이었다.

모르는 타이틀이야.

상영 시작은…… 20시 50분. 상당히 늦다. 날짜를 보고 놀랐다.

"어, 오늘인가요? 이거."

"응. 그래. 이걸로 우리 후배랑 영화 보러 다녀오게나."

"아사무라, 군이랑?"

분명히 티켓은 두 장이었다.

하지만, 갑자기 그런 말을 들으면…….

"둘이서 밥 먹은 다음이라면 이 정도 시간이잖아?"

"……네, 뭐. 그렇겠네요."

오늘이 내 생일이고, 저녁을 함께 먹을 예정이란 것을 요미우리 씨한테는 말을 해버렸다.

아사무라 군에게 들은 예정은 대략적인 거지만, 18시에 알바를 마치고 식사를 하자고 했다. 예약을 잡았다면 18시 30분경이겠지.

천천히 먹는다고 해도 20시 반에는 이동할 수 있을 거야.

그리고, 우리는 알바 끝나는 시간밖에 말 안 했는데 이 정도로 예정을 추측할 줄은 몰랐다. 이 사람을 상대로 뭘 숨기는 건 어렵겠어.

그건 그렇고 생일 선물로 영화 티켓을 주는 건 생각도 못했다.

……받아도 되는 걸까?

"저기…… 감사합니다."

"뭘~. 알바 선배한테 형태가 남는 걸 받아도 『부담된다』고 생각하게 될 테니까. 이 정도면 가볍잖아."

"부담이라니…… 그렇게—."

생각하진 않을 것 같은데.

"한다니까. 드물게 자주 해."

"그건 어느 쪽인가요?"

드문 건지, 아닌지.

"당일에만 유효한 티켓은 사라지는 것의 최종 보스 같은 거니까, 받기만 하는 거라도 일단 받아 가~. 쓰지 않아도 되니까~. 하지, 만—."

벙긋이 요미우리 씨가 웃음을 짓더니,

"그거, 우리 후배가 보고 싶은 영화가 틀림없어."

나는 눈을 홉떴다.

"사전에 조사를 했지. 그러니까 분명히, 기뻐할걸?"

"으……."

아사무라 군이 기뻐한다…… 그건, 정말일까?

그리고 나는 지난 며칠 생각하던 것이 뇌리를 스쳤다. 아사무라 군의 생일. 선물은 제대로 건넸지만, 서프라이즈는 없었다. 그런 건 필요 없다고 생각한 것은 과거의 나고, 지금은 실수였다고 생각한다.

이 영화 티켓이라면, 그를 놀라게 해줄 수 있지 않을까?

"우후후후훙. 갈 생각이 들었구만? 들어버렸구만?"

"어, 그게…… 뭐. 네. 기왕 받았으니까."

혹시 요미우리 씨는, 나랑 아사무라 군의 관계를 깨닫고서 응원하려는 걸까?

"저기! 그게, 어째서 이렇게까지 해주시는 건가요……?"

말의 마지막에 기세가 떨어져버린 것은, 아무래도 그건

나 자신에게 너무 편의적인 생각이 아닐까 생각했기 때문이다.

눈앞의 알바 선배는, 재색겸비를 그림으로 그린 것 같은 김은 롱 헤어의 일본풍 청초 미인이다. 아사무라 군은 「아재 포지션」이라고 하지만, 이런 사람이 만에 하나라도 연적이었다면 절대 이길 수 없을 거라고 생각해 버리는 사람이고—.

"어째서긴, 빤하잖아~. 둘이 얼른 안 보면 스포일러 토크를 못한다니까. 조금 고찰반이 극찬을 해버릴 법한 거라서, 감상 토론을 하고 싶거든."

"어, 어려운 영화인가요?"

"그렇지는 않아! ……아마도. 뭐, 그러니까 얼른 보면 좋겠어. 나도 이제 볼 셈이니까~."

요미우리 씨의 눈은 진지하고, 딱히 놀리는 기색은— 아니, 잘 놀리는 게 기본 장비라고 하면 그것도 그렇기는 한데, 아마도 이건 진지한 표정이다.

그렇네. 받아서 안 가는 것도 아까울 것 같으니까.

"알겠어요. 기뻐요. 즐기고 올게요."

나는 다시 한 번 감사 인사를 하고, 요미우리 씨의 생일 선물을 순순히 받았다.

알바를 마치고, 나랑 아사무라 군은 역 근처의 패션 빌딩까지 걸어갔다.

빌딩의 6층이 푸드 플로어다. 아사무라 군이 안내한 곳은 플로어에 있는 양식 레스토랑이었다.

편안할 것 같은 가게라서 기뻤지만, 한 가지 신기하게 생각했다. 아사무라 군도 평소에는 거의 이용하지 않을 것 같은 가게를 일부러 골랐다는 점이었다.

어째서 여기일까?

아사무라 군에게 물어보고, 돌아온 대답이—.

"비프스튜가 맛있는 가게라고 해서."

나는 깜짝 놀랐다. 비프스튜는 내가 아주 좋아하는 요리다.

아사무라 군은 엄마한테 들은 모양이다.

선물 자체에는 놀라움이 없으니까 뭔가 서프라이즈로 즐겁게 해주고 싶었다고 아사무라 군이 말했다.

분명히 가슴이 뛴다. 기뻤다.

하지만 동시에 나는 치사하다고 생각해 버렸다. 아사무라 군의 생일에 나는 아무 서프라이즈도 못 해줬는데, 아사무라 군은 나를 너무 즐겁게 해준다.

메뉴판을 받았다.

오므라이스도 카레도 맛있어 보인다. 푸딩은 위에 생크림이 모자처럼 올라가 있고 캐러멜 소스의 바다에 잠겨 있다니 너무 멋지— 그게 아니고, 이건 디저트니까 지금은 안 돼.

"정말, 맛있어 보여. ……나, 이걸로 해도 돼?"

역시 비프스튜를 먹고 싶다.

세트의 가격도 확인하고서, 나는 가장 먹고 싶다고 생각한 것을 골랐다.

그렇게, 주문해서 나온 스튜는 상상 이상이었다.

어째서 레스토랑에서 먹는 비프스튜는, 집에서 만드는 것보다 맛있게 느껴지는 걸까? 이건 옛날부터 내가 의문스럽게 생각한 것이다.

내 물음에, 아사무라 군이 대답했다.

"고기 자체가 뭔가 다른 걸까?"

"그렇네. 그 가능성도 있을지 몰라. 으음…… 재현해보고 싶은데."

아니면 조리법에 원인이 있는 걸까? 문득 솟아오른 생각에, 마음속이 따끔 아팠다.

그리고 과거의 기억이 되살아났다.

어렸을 때, 집 근처에 있던 개인 경영 레스토랑. 거기서 먹은 비프스튜의 맛을 나는 잊지 않았다. 이렇게 맛있는 게 있구나 생각했다.

그건 정말이었다.

틀림없는 진실…… 그러나, 그건 요리만 원인이 아닌 걸지도 몰라…….

엄마가 재혼해서.

그 상대인 아사무라 군의 아버지— 타이치 새아버지가,

대단히 상냥한 사람이고, 엄마가 행복해 보이고…….

헬러윈 무렵, 엄마가 일을 쉬고 돌아왔을 때였다.

『타이치 씨도 있고, 쉬어도 된다는 생각이 들기 시작한 것 같아.』

엄마가 그렇게 말한 것을 듣고…… 드디어 나는 안도했다.

지금의 엄마는 휴식을 선택할 수 있다.

옛날과는 다르다. 옛날엔 안 그랬다.

친아버지랑 헤어진 뒤 엄마는 친가도 의지하지 않고 혼자서 나를 키워주셨다. 바쁜데도 매일 식사를 만들었다.

아직 어렸지만 그건 힘든 일이라고 느꼈기 때문에, 중학교에 들어가자마자 얼른 요리를 배우기 시작하여 엄마를 돕게 됐지.

엄마의 요리에 불만은 없었다. 맛있기도 했고.

그래도, 바쁘기 때문에 만들 수 없는 요리도 있었다. 밑 준비에 시간이 걸리는 것. 요리 시간이 긴 것은, 엄마가 하는 일의 성질을 생각해도 어렵다.

친아버지는 허영을 부리는 사람이라, 엄마가 이혼하기 전에는 고급스런 레스토랑에 가끔씩 가긴 했다. 하지만 너무 허영을 부려서, 매너에 극단적으로 까다로웠다.

태어났을 때부터 예법을 철저하게 배우는 가정이라면 또 달랐을지도 모른다.

그러나 반년에 한 번 갈까 말까 한 가게에서 초등학생에게 완벽한 매너를 기대하면, 그저 긴장하기만 해서 맛을 제대로 느끼기 어려운 법이다. 미약한 소리를 내기만 해도 가시 돋친 목소리로 이름을 불리는 공포는 맛보지 않은 사람은 모를 거야.

나에게 외식은 실수가 용납되지 않는 의식에 지나지 않았다.

이혼이 성립된 날.

엄마가 초췌한 얼굴이었지만, 어쩐지 후련한 표정이었다. 그리고 엄마는 고급 레스토랑이 아니라, 근처의 양식당에 나를 데리고 가주었다. 충치가 생긴다며 못 마시게 했던 오렌지 주스를 주문하고, 김이 오르는 비프스튜에 혀를 데이면서도 깨물었다. 소스로 입가가 지저분해졌지만, 엄마가 웃으면서 냅킨으로 정성스레 닦아주었다.

노부부가 개점한 작은 레스토랑이고, 단골손님이 마치 자기 집처럼 찾아오는 가게였다.

그런 가게에서 먹은 그날의 비프스튜. 찾아오는 손님들을 대접하기 위해서, 시간을 들여 천천히 졸인 것이었다.

그 부드러운 고기의 맛은, 손님들을 생각하며 들인 수고의 맛이었다.

고기 안에 갇혀 있는 것은, 단단히 굳어버린 마음을 녹여주는 노부부의 온기였다.

입 안에서 사르륵 풀린다.

평온함의 맛.

"그래서, 이게 선물."

퍼뜩 제정신을 차렸다.

아사무라 군이 손에 드는 가방에서 꺼낸 선물을 건네줬다.

조금 좋은 비누라고 부탁했을 뿐인데, 아사무라 군이 골라준 것은 릴랙스 계통의 아로마로 쓸 법한 허브향의 비누였다.

아사무라 군의 생각을 잘 알 수 있는 선택이다.

잠에서 깨면 계속 무장 모드인 내가 그걸 해제하는 건 목욕을 할 때. 그럴 때 쓰는 비누에 치유 효과가 있는 향기.

쉬어도 된다고. 그렇게 말한 것 같았다.

괜찮을까? 정말로 쉬어도 될까? 지금까지— 엄마랑 둘이 남은 뒤부터, 계속…….

내면에 휘몰아치는 마음을 표정에 드러내지 않고, 나는 말했다.

"저기, 말이야……. 엄청 기쁘니까, 그게, 답례로."

머뭇머뭇, 요미우리 씨에게 받은 티켓을 보여줬다.

아사무라 군이 보고 싶어 했다는 영화.

설마, 하면서 놀라는 표정.

나도 서프라이즈를 한 것 같아 다행이라고 생각했다.

고맙습니다, 요미우리 씨.

영화관에서 영화를 본다는 행위에는, 다른 오락에는 없는 특별한 점이 있다고 생각한다.

주변에 다른 사람이 있는데 마치 자신만 그 자리에 있는 것 같은. 혹은 몰입할 수 있는데 남의 기척만 느껴지는 것 같은.

멀지도 가깝지도 않은 하나의 체험을 공유하고 있다— 그 감각을, 이 날만큼 체감한 적이 없었다.

영화는, 재미있었다— 그리고, 무서웠다.

주인공 소녀는 몇 번이고 몇 번이고 같은 반 아이들에게 배신을 당했다.

사건에 휘말리고, 근거 없는 비방을 당하고, 친구들에게 뻗은 손이 계속 거절당한다.

그리고 그녀는 사건 전까지 시간을 거슬러, 반복해서 피할 수 없는 실망을 맛본다.

또 한 명의 주인공인 소녀이 등장할 때까지는 마음이 아파서 견디기가 어려웠다.

반복되는 비극을 회피하고자 나타난 소녀은 미래에서 온 방문자였다…… 그렇지만 절망한 그녀는, 소녀이 뻗은 구원의 손을 온전하게 믿지 못한다.

얼어붙은 마음을 가진 소녀에게는, 주변 사람 모두가 적으로 보였다.

안데르센의 동화 『눈의 여왕』이 모티브라는 걸 깨달은 것은, 아사무라 군이 전수해준 명작 고찰을 해봤기 때문일까?
다시 말해서 비극으로 인해 소녀의 마음에 생긴 상처가 카이의 눈과 심장에 박혀 있던 악마의 거울 파편이고, 1만 년의 시간을 넘어 소녀를 구하러 온 소년이 게르다인 셈이다.
성별을 뒤집은 것이 요즘 시대에 어울릴지도 모르겠다.
나는, 깨닫고 보니 스크린에서 눈을 떼지 못했다.
구원자인 소년이 소녀와 맞닿은 시간은, 여름방학 전의 불과 2주일.
그 짧은 시간에 얼어붙은 소녀의 마음을 녹이는 건 무리— 라고 아마 1년 전의 나라면 그런 감상을 입술을 일그러뜨리며 비꼬는 것처럼 중얼거렸을 거야.
클라이맥스의 장면. 스크린에서 끌어안는 소년과 품에 안긴 소녀.
『너를 여기서 구해줄게. 그러니까…….』
이제 참지 않아도 돼—.
소녀는 그 말에, 두 팔에 힘을 주어 소년을 마주 안았다.
평소였다면 밖에서 이런 틈을 보이지 않는다.
그렇지만, 옆에 아사무라 군이 있었기 때문이라고 생각한다. 혼자인데, 혼자가 아니다. 영화관의 마법. 옆에 있는 기척을 느끼고, 아마 나는 안심해 버렸다.
—아, 안 돼,
견디려고 해도 견디지 못하고, 한 방울, 뜨거운 것이 볼을 미끄러져 떨어졌다.

엔딩 테마가 흐르고, 스탭 롤이 시야 안을 밑에서 위로 흘러가도, 나는 얼마간 꼼짝도 하지 못했다.

조명이 들어오기 직전에 간신히 말을 했다.

"잠깐 화장실 다녀와도 돼?"

대답을 기다리지 않고 자리에서 일어나, 나는 화장실로 뛰어 들어갔다.

거울 앞에서 확인했다. 조금 눈가의 파운데이션이 뭉개져 있었다. 울 생각이었다면 유지가 잘 되는 메이크를 하는 방법도 있었지만.

하아, 한숨을 한 번 쉬었다.

설마 울어 버리다니. 나 자신에 대해 놀라는 것과 동시에, 그러고 보니 요 몇 년 전혀 안 울었네, 라는 생각을 떠올렸다.

화장을 고치려고 파우치를 열었다.

그때 문득 손이 멈추었다.

거울을 다시 한번 봤다— 뭉개졌다고 생각했지만, 신경 쓰지 않으면 신경 쓰이지 않을 정도였다.

이제, 집에 돌아가기만 하면 되잖아?

밖은 어둡고, 아마 서로 빤히 얼굴을 마주보는 일도 없을 거야.

거울 안의 내 얼굴. 화장이 뭉개진 눈가를 보고 있으니,

영화의 모티브가 된 여왕의 클라이맥스가 떠오른다. 눈물로 녹아 버리는 악마의 거울 조각. 흘러 떨어지는 소년의 마음은 온기를 되찾았다.

안 고쳐도 돼.

이제 우리는 집에 돌아가기만 하면 되고, 옆에는 아사무라 군이 있어.

무장 같은 건, 지금은 필요 없어—.

●12월 24일 (목요일) 아사무라 유우타

"고교생활, 이제 절반도 안 남았네."

흘린 말을 누구에게 들려줄 생각도 없었지만, 앞자리에 앉은 내 절친은 등 너머로 들은 모양이다.

커다란 몸을 절반 정도 틀어서 돌아보고— 잠깐, 아직 종례 안 끝났는데?

"아사무라여, 내년부터는 우리도 더욱 수험을 의식해야지."

마루가 작게 말했다.

교단에서는 담임이 겨울 방학의 여러 주의 사항을 말하고 있었다. 그 목소리를 한쪽 귀로 들으면서 나는「윽」하고 신음했다. 수험이 있었지.

마루가 어쩐지 달관한 표정으로 말했다.

"이대로, 순식간에 어른이 되어 버릴 것 같다."

"어른이 되는 건 상관없는데 말이지."

오히려 아이인 채로 있고 싶지 않다. 보호를 받기만 하는 입장에서는 아무도 지킬 수 없으니까.

……뭐,「어른이 된다」라는 건 대단히 고단하게 보이긴 하지만.

나는 아버지의 얼굴을 떠올렸다.

아니, 딱히 그렇지도 않은가?

재혼 뒤의 풀어진 표정밖에 떠오르질 않아서 그런지, 친어머니가 집을 나간 뒤 고생한 기억이 최근에는 어렴풋해지고 있었다.

"아사무라는, 얼른 어른이 되고 싶냐?"

"마루는 아냐?"

"글세, 어떨지. 배워야 하는 게 많으니까, 시간이 멈추는 수련의 방이라도 있으면 조금 더 살고 싶은 기분이긴 하다."

"아아~."

진심으로 야구의 길을 추구하고 싶다면 아무리 시간이 있어도 부족하다는 거네.

"아직 못 본 애니메이션이 쌓이기만 하거든."

"그쪽이냐?!"

"농담이야."

나는 책상에 엎어졌다. 놀리는 건지, 아니면 본심인지.

목덜미에 햇살이 느껴져, 고개를 옆으로 돌렸다.

태양이 위쪽 유리창을 통해 보인다. 한낮이 되어도 낮게 뜬 해님이, 나랑 마루가 앉은 창가에서 세 번째 줄까지 비추고 있었다.

따사롭다…… 그래서 졸리다.

담임이 하는 말이 자장가처럼 들릴 것 같지만, 앞으로 몇 분 지나면 방과 후니까 참아야지.

스피커에서 종업을 알리는 종소리.

잔소리 같은 담임의 훈시가 드디어 끝난다. 반 아이들이 한숨 같은 호흡을 일제히 내쉬고, 선생님 앞이라고 자제하고 있던 환성이 올랐다. 담임이 조금 기가 막힌 표정이 되면서도 나갔다.

너무 풀어지지 말라는 한 마디를 남기고 간다.

"고등학교 2학년의 크리스마스에 그렇게까지 경계할 것도 없을 것인데."

"어?"

나는 마루의 말에 고개를 갸웃거렸다.

"불순이성교제나, 그런 거 말이다. 폭주하는 사춘기 젊은이 뒤를 봐주느라 신년이 날아가는 건 피하고 싶은 거겠지."

"지당하신 말씀이네. 나도 같은 입장이라면 싫을 거야."

"『오빠』로서는 걱정되지 않냐?"

놀리는 어조로 그 단어를 쓰는 마루에게 허를 찔려서, 나는 무심코 눈이 동그래졌다.

"어?"

"아야세라면, 오늘 밤의 예정 정도는 있을 것 같잖아?"

"오늘 밤?"

"크리스마스 데이트라면, 오늘이라고 생각하는데?"

그 말이 뇌에 도달할 때까지 잠시 시간이 걸렸다.

아야세 양에게 크리스마스 데이트 예정이 있는 게 아니냐고 하는 건가?

분명히 나랑 아야세 양의 진짜 관계는 제3자에게 알려지지 않았다. 크리스마스를 기회로 데이트 신청을 하는 사람이 있을지도 몰라.

오빠와 여동생으로서만 보고 있다는 것은, 뒤집어서 생각하면 아야세 양이 필요 이상으로 그런 것을 거절하면 부자연스럽게 보일 거야. 그래서 미처 거절하지 못한다, 라는 일도…….

설마. 아무리 그래도 그런 일은 없겠지.

문득 가슴팍이 부르르 진동해서, 나는 황급히 몸을 일으켰다.

교복의 안주머니에 넣어둔 휴대전화를 꺼냈다.

LINE의 알림이 떠 있었다. 잠금 화면에는『식재료 사서 돌아갈게요』라는 첫 한 줄이. 아야세 양이다.

사서 **돌아갈게요**.

이거 봐, 라고 생각했다.

"왜 그래? 아야세한테서『오빠, 완전 싫어』라고 메시지라도 왔냐?"

"그런 애니메이션에서 나올 법한 여동생 같은 말은 안 해."

"역시 아야세였군."

"윽."

"너, 알기 쉬워."

"마루가 너무 감이 좋은 거야."

"그래서, 대답은 안 해도 되냐? 오빠야."

"괜찮아."

휴대전화를 주머니에 돌려놓고, 나는 으음~ 하고 기지개를 켰다.

가방을 집고 마루가 일어섰다.

"그러면, 아사무라여. 또 보자."

"아~. 또 봐. 다음에 만나는 건 신년일 테니까. 새해 잘 보내라고 해야겠지."

"겨울 방학 중에 만나는 일도 없을 테니까. 뭐, 서로 좋은 새해를 보내면 좋겠지."

등을 돌린 마루가 손을 훌훌 흔들고 교실을 나섰다.

부 활동을 하러 가는 마루의 등을 배웅하고, 나는 새삼 교실을 돌아보았다. 반 아이들의 절반은 이미 교실에서 나가 버렸다. 부 활동을 하러 가거나 집에 돌아간 모양이다.

필요 없는 걱정을 해서 손해 본 기분이야.

그러고 보니 오늘은 가족끼리 보내는 크리스마스였어.

부엌 주변의 벽이 반짝반짝하다.

내 덕분— 이 아니다. 애당초 오늘을 쉬는 날로 잡은 아키코 씨가 「여기만 조금 일찍 대청소를 할 생각이야」라고 했다. 「여기」라고 하면서 부엌을 가리켰다.

그래서 나도 아야세 양도 돕겠다고 말한 상태다.

애당초 나도 아버지도 요리를 안 하는 사람이라, 부엌 주변은 그렇게 더럽지 않았다. 셋이서 2시간 정도 달라붙어 청소가 끝나 버렸다.

그렇게 3시쯤 됐을까? 간식 먹으며 휴식을 한 다음에—.

"그러면, 이제 저녁 식사 준비를 할 거니까, 유우타는 쉬어도 돼."

아키코 씨는 오랜만에 딸과 둘이서 요리를 하고 싶다며, 부엌에서 나를 내보냈다.

어쩔 수 없이 나는 내 방으로 돌아왔다. 가방을 열고, 막 구입한 책을 꺼내 가벼운 마음으로 최초의 페이지를 열어, 문자를 눈으로 따르기 시작했다.

책에서 고개를 들자, 어느새 방이 어둑어둑하다. 해가 졌구나.

나는 독서 뒤의 여운에 잠기면서, 커다랗게 숨을 쉬었다.

—재미있었다.

순식간에 다 읽어 버렸다. 하드커버로 된 SF장르 번역본을 한 권 통째로 두 시간 정도 만에 읽어 버린 셈이다. 내가 아직 거대한 미션을 품은 채 우주 공간을 떠돌고 있는 것 같은 기분이었다.

흠, 할리우드 영화화라고 띠지에 적혀 있을만하네.

책을 덮자, 부엌 쪽에서 아키코 씨와 아야세 양의 즐거운 목소리가 들렸다.

방을 나서서 들여다보자, 아키코 씨가 날 발견했다.

"유우타, TV 켜줄래~?"

"TV요?"

"뭔가 소리가 있으면 좋겠다 싶어서. 재미있어 보이는 영화라도 틀어주면 돼."

"아아, 네. 알았어요."

리모컨을 조작해서 나는 스트리밍 서비스를 기동했다.

계속 틀어둘 거라면, 영화 전문 채널이 좋겠지.

"국내 영화가 좋을까요? 외화?"

"외화. 자막판이라도 좋아."

"……정말로 BGM 대신 쓰는 거군요."

그렇지만, 대사만 들어도 즐길 수 있는 것이 있다면 그래도 좋겠지.

계약이 된 구독 서비스 앱을 기동하자, 마침 크리스마스 특집으로 몇 갠가 영화가 추천에 올라와 있었다.

어린애가 활약하는 코믹한 크리스마스 영화가 있었다.

몇 번인가 본 적이 있었다. 크리스마스 날 집에 남겨진 어린아이가 부모가 없는 사이에 대활약하는 이야기다. 호평을 받은 거겠지. 속편이 여러 개 만들어졌다. 할리우드 영화에서는 흔한 일이지만, 전작과 관계가 있거나 없거나 하기도 한다. 속편에서 부부가 이혼을 했다든가 말이다. 그래서 가족영화라도 긴장을 풀 수가 없다.

곧장 즐거운 목소리가 흐르기 시작했다.

"유우타, 고마워~."

"저기…… 뭔가 도울까요?"

"그럼, 배고파지도록 해."

"……네?"

웨이트라도 하는 게 좋을까?

힐끔 아야세 양 쪽도 봤지만, 즐겁게 콧노래 같은 뭔가를 흥얼거리면서 프라이팬을 휘두르고 있었다. 위험하니까 말은 안 거는 게 좋겠지.

"도움이 필요하면 사양 말고 불러주세요."

"네~에."

나는 목욕탕 청소와 목욕물 준비를 해두고서 거실에 돌아왔다. 그대로 소파에 앉아 영화를 멍하니 바라보았다.

중간에 요리가 끝났는지 아야세 양이 훌쩍 와서, 소파 옆 자리에 앉았다.

한 사람 분량의 공간을 두고는 있지만, 어쩐지 영화관이 떠올라 버린다.

아야세 양도 영화를 보는 걸까? 그렇게 생각했더니 단어장을 넘기기 시작했다.

아키코 씨 앞에서 아야세 양이랑 나란히 영화를 보고 있기만 해도, 이 거리감이 괜찮은 걸까? 하고 머리가 한순간 혼란에 빠져 버린다.

아니, 가족이 나란히 TV를 보는 건 보통이지— 보통.

생각이 지나쳤나.

힐끔 옆을 살피자, 아야세 양은 스마트폰에 연결한 이어폰을 귀에 꼽고 뭔가를 들으면서 팔락팔락 단어장을 넘기고 있었다.

이쪽에 말을 거는 것도 아니다. 영화를 보는 것도 아니다.

내 옆에서 완전히 긴장을 푼 표정의 아야세 양이 단어장을 계속 넘기고 있었다.

"다녀왔어."

손잡이가 달린 종이 상자를 들고서 아버지가 귀가했다.

7시에는 돌아온다고 했었는데, 실제 귀가 시간은 긴 바늘이 절반 정도 돌아갔을 무렵이었다.

아버지가 아키코 씨한테 종이 상자를 건넸다.

"예약한 걸 받아왔는데, 혼잡하더라고. 조금 늦어 버렸어. 미안해."

"괜찮아요."

홀 케이크…… 12, 아니 15센티미터 정도인가?

왜 그렇게까지 짐작할 수 있는가 하면, 아야세 양이랑 외식할 때 케이크를 먹을까 말까, 일단 고려했기 때문이다. 뭐, 그 정도 사이즈라도 식사한 뒤에 다 먹을 자신이 없어서 포기했지만.

그러나 15센티미터 사이즈는 넷이서 나눈다고 해도 꽤

배부를 것 같은데……. 집이니까, 다 못 먹으면 남기면 되겠지. 한나절 정도라면 괜찮을 거야.

"이건 식사 다음에 먹어요."

생글생글 웃으면서 아키코 씨가 냉장고를 열었다.

연말을 앞두고 우리 집의 냉장고가 상당히 꽉 들어찬 상태였다.

"유우타, 이거랑 이거, 가져가줄래?"

"네."

건네받은 맥주랑 논 알코올 샴페인을 받아 식탁으로 옮겼다. 잔과 병따개도 필요하겠어.

아키코 씨가 몇 번인가 냉장고에서 이것저것 꺼냈다가 넣었다 하면서, 이리저리 정리해서 케이크 상자를 넣었다.

그동안 아야세 양이 요리를 데우기 시작했다. 나도 보온솥의 밥을 퍼 식탁에 놓았다.

아버지가 옷을 갈아입고 식탁에 왔을 무렵에는 식사 준비가 완전히 되어 있었다.

"오오. 맛있어 보이네."

오늘 크리스마스 디너의 주역은 테이블 중앙의 커다란 그릇에 떡 하니 놓여 있는 새 다리의 향초구이였다. 새, 라고 하는 것처럼 닭고기가 아니다. 최근 들어서 일본에도 크리스마스의 요리로 식탁에 올라오게 된 새— 터키다. 뭐, 본래는 추수감사절의 음식이라고 하지만.

다른 말로는 칠면조. 닭고기보다 지방이 적어서, 최근의 웰빙 식단 경향 덕분인지 눈에 띄는 기회도 늘어났다고 생각한다. 꽤 커다란 새라서 아무래도 통구이는 아니지만, 그릇 위의 고기 덩어리는 넷이서 나눠도 다 못 먹을 정도였다. 아버지가 분발해서 인터넷으로 주문해, 크리스마스 배송을 한 것이었다. 미리 로스트를 한 고기였다.

"주식을 파스타로 하는 쪽이 크리스마스 분위기가 났을까?"

테이블 위를 둘러보고 아키코 씨가 말했다.

칠면조를 메인 디시로 하고 있지만, 주식은 밥공기에 담은 밥이고 수프가 아니라 된장국.

분명히 크리스마스의 색채는 옅은 것 같다.

아야세 양이 커버하는 말을 덧붙였다.

"그건, 괜찮을 거야. 봐, 샐러드도 만들었고, 아슬아슬하게 양식풍이라고 할 수 있지 않을까? 드레싱도 몇 갠가 준비했고……. 새아버지는 어느 걸 뿌리실래요?"

"나는 일식풍으로."

크리스마스란 대체 어느 나라의 문화인가.

밥과 된장국이 나오는 크리스마스 디너가 싫다는 건 아니지만, 내심 태클을 걸고 싶어져 버린다.

"아사즈케[#2]도 준비했어요. 자, 양배추랑 오이 절임. 타

#2 아사즈케 일본의 절임 반찬. 약 30분 정도 가볍게 절인다는 점이, 피클이나 푹 절인 츠케모노와 다르다. 숙성 발효 없이 먹는 점에서 한국의 겉절이와 비슷한 방식.

이치 씨 좋아하잖아요."

"고마워. 물론 좋아하지."

"엄마도 참…… 피클이라도 괜찮—."

았잖아, 라는 말을 아야세 양은 삼켰다.

부부의 의견이 일치했으니까, 태클 걸 것도 아니리라고 생각한 — 포기했다고도 한다 — 거겠지.

나랑 아야세 양은 살짝 쓴웃음을 나누면서 자리에 앉았다. 뭐, 크리스마스는 마음이 중요하니까.

"그러면, 메리 크리스마스! 그리고 유우타, 생일 축하한다!"

"아니, 아버지. 그건 거짓말이라도 생일을 먼저 축하해 줘야지."

"그것도 그렇구나. 미안하다. 생일 축하한다, 사키. 메리 크리스마스!"

"감사합니다."

"둘 다 17세가 된 거 축하해."

아키코 씨가 우리들의 얼굴을 순서대로 보고 말했다.

아버지는 맥주, 우리는 논 알코올 샴페인으로 건배를 하고 먹기 시작했다.

여전히 아키코 씨의 된장국은 맛있었다.

분명히 아버지 말처럼, 양식풍인가 일식풍인가 하는 문제는 사소한 일이다. 오늘 된장국 건더기는 두부였다. 하얀 두부에 잘게 썬 녹색 파. 된장은 아카다시[#3]. 한 입 먹고서 깨달았다.

혹시 이건 크리스마스 컬러인 걸까? ……뭐, 일본의 크리스마스다워서 좋네.

"소스도 맛있네."

"고기도 너무 단단하지 않아서 최고야. 이건 잘 샀는걸."

아키코 씨랑 아버지도 입을 모아 말하니까, 내 미각이 틀린 건 아닌 모양이다.

먹은 다음에(나중에 케이크를 먹어야 하니까, 상당히 가볍게 먹었다) 식후의 커피를 마시면서, 크리스마스 케이크를 잘랐다.

15센티미터의 홀 케이크 정상에는, 『Merry Christmas』의 문자가 그려진 초콜릿과 비스킷의 산타가 올라가 있었다.

하얀 생크림으로 데코레이션 된 케이크를 식칼로 잘랐다.

노란 스펀지층에 끼어 있는 빨간 과육이 보였다. 딸기다. 요컨대 정석적인 크리스마스 케이크이며, 자르기 전의 거대한 쇼트케이크란 거다.

"뭐, 이상한 걸 사는 것보다 정석이 좋지 않니?"

아버지가 말했다.

분명히 그것도 그렇네.

아키코 씨가 나눠준 케이크를 먹으면서, 처음으로 일가 네 명의 크리스마스 & 생일을 축하했다.

#3 아카다시 일본 된장국의 한 종류. 일반적인 된장국보다 선명한 빨간색을 띤다.

아버지는 내 성적이 여름 무렵부터 오른 것을 기뻐했고, 아야세 양도 학원에 다닐 셈이 없는지 물었다.
"돈이 걱정되는 거라면—."
"아뇨. 괜찮아요. 저는 그게…… 너무 한꺼번에 새로운 걸 시작하면, 오히려 정신이 사나워질 것 같아서요."
너무 사양하는 말처럼 들리지만, 아버지는 납득한 모양이다.
돌이켜보면, 아야세 양은 반년 전까지 계속 어머니랑 둘이서 생활했었다. 그런데 갑자기 남성 두 명과 동거를 하게 됐으니, 새로운 생활에 익숙해지는 것도 힘들었을 거야.
게다가 나랑 아버지는 본래 살던 집에 그대로 살고 있는데, 아야세 양과 아키코 씨는 이사를 해서 들어왔다. 입장을 바꿔서 생각해 보면, 변화가 너무 많아서 소화하기 어렵게 느끼는 것도 거짓말이 아닐 것 같다.
그렇구나…… 벌써 아야세 양이랑 만난 지 반년이나 됐구나…….
"하지만 사키. 다니고 싶어지면, 언제든지 상담해."
"감사합니다."
새아버지, 라고 마지막에 덧붙이자 아버지는 기뻐서 웃었다. 응. 순조롭게 팔불출이 되고 있군.
"나는 오히려 유우타가 걱정이야. 잘 놀고 있니?"
"어. 보통 반대 아닌가요? 공부를 하라는 거면 이해가 되는데요…….”

“그건 옛날부터 걱정 안 한다.”

아버지가 옆에서 끼어들었다.

분명히 아버지는 『공부해라』라고 한 적이 없다. 다만, 학교에서 오는 통지표 같은 건 꼼꼼하게 보는 타입이었다.

기억은 안 나지만, 아마도 어머니가 집을 나간 뒤부터.

통지표는 보여 달라고 했고, 중학교까지는 시험지도 돌려받을 때마다 보여 달라고 했다.

보고서 뭐라고 하는 것도 아니지만.

매번, 흐흠. 그렇구나. 하면서 답안지를 봤다. 뭐가 그런 건지 모를 그 말을 들을 때마다, 뢴트겐 사진 같은 걸 찍고 있는 기분이 들었지.

그리고 며칠 뒤에 은근슬쩍 책상 위에 점수가 낮았던 교과목의 참고서가 올라와 있다거나.

그건 그거대로 묘한 프레셔가 느껴졌었다.

의무교육이 끝나면서, 개인 정보라고 우겨서 고등학교부터는 통지표 말고 성적 관계 데이터는 안 보여주게 됐지만.

“유우타는 어렸을 때부터 책만 읽은 애였으니까. 학생으로 지낼 수 있는 시간은 짧으니까 좀 더 놀아야지.”

“아니, 괜찮다니까. 나름대로 구가하고 있어.”

“그러니? 뭐, 학생 시절을 즐기고 있다면 부모로서도 기쁘다……라고 말한 참에 좀 그렇다만.”

아버지가 서론을 두면서 아키코 씨와 눈짓을 나누었다.
아키코 씨가 자리에서 일어나 침실 문을 열었다. 문 뒤에 숨겨뒀던 종이봉투를 테이블까지 가지고 왔다.
"자. 나랑 타이치 씨가 두 사람한테 생일 선물."
"응? 이거……."
"책인가요?"
아야세 양도 고개를 갸웃거렸다.
크리스마스 패키지로 포장되어 있는 두꺼운 그것이 어째서 책이란 걸 나랑 아야세 양이 한눈에 알아버렸는가 하면, 포장지가 우리가 알바하는 서점 것이었기 때문이다. 한두 번 본 게 아니니까 모를 수가 없다.
"열어봐도 돼?"
"물론."
웃음을 짓는 아버지에게 의문스런 시선을 보내면서, 나는 포장지를 뜯었다.
책이다.
게다가—.
"빨간 책?!"
"수험을 칠 거면 필요할 거라고 생각했지. 아직 없지?"
"뭐, 아직 마련하진 않았지만요."
아야세 양도 옆에서 말을 잃었다. 마음은 이해한다.
우리가 부모에게 선물 받은 것은, 대학 수험생이라면 누구나 한 번은 보게 되는 「대학 · 학부별 대학입시 과거 문제집」이었다. 표지가 온통 빨간색이라, 통칭 「빨간 책」이라고 불린다.

보통은 지망 대학을 정하고서 마련하는데, 이건 공통 테스트용이었다. 게다가, 서투른 교과를 중심으로 다섯 권 세트다.

분명히 이건 고맙다. 다 모으면, 그것만으로 하드커버 책 세 권 분량이 되는 가격이니까. 면학을 위한 환경을 만들어주는 건 솔직히 감사하다. 다만—.

"선물 같지가 않잖아……."

"성인이 되어서 자기 인생을 어떻게 살아갈 것인지는 맡기겠지만, 지금은 수험을 치룰 생각인 것 같으니까."

"수험 공부 힘내렴."

아키코 씨가 웃으면서 말해 버린다.

"감사합니다. 열심히 할게요."

옆의 아야세 양도 마찬가지로 감사의 인사를 하면서 고개를 숙였다.

이때 우리는 부모님들의 예상도 못한 선물에 약간 맥이 빠진 기분을 맛보느라, 의미심장하게 아버지와 아키코 씨가 눈짓을 나누는 이유까지는 알 수 없었다.

TV에서는, 무사히 도둑의 습격에서 집을 지켜낸 아이가 환성을 지르고 있었다.

그날 밤. 침대에서 잠을 청하던 나는, 가벼운 소리를 듣고 눈을 떴다.

어둠 속에서 눈을 떴다.

주위를 둘러봐도 방 안에는 이상한 게 안 보였다. 정확하게는, 아무것도 안 보인다. 충전 중인 휴대전화를 기울여서 백라이트를 켰다. 시간을 확인했다.

0시 28분.

이제 막 잠들려던 참이었다. 내일부터 겨울 방학이니까, 잠을 방해 받아도 문제가 없다면 없긴 한데.

휴대전화를 뒤집어서 문 쪽을 비추었다.

입구 쪽에 아까 전까지 없었던 작은 상자가 있었다.

뭐지?

손이 닿는 거리가 아니라, 저기까지 가려면 이불에서 나와야 한다. ……그러나, 신경 쓰여.

이불을 들추고, 추위에 부르르 몸을 떨었다. 무심코 양팔을 끌어안으면서 몸을 움츠리고 말았다. 아무래도 잘 때는 난방을 끄니까 이불에서 나오고 싶지 않았는데.

침대에서 내려와 낯선 상자를 집었다.

돌아와서, 머리맡의 라이트를 ON으로 했다.

리본이 달려 있는 건 만진 시점에서 알고 있었다. 포장지를 보니 크리스마스 선물이란 걸 알 수 있다.

산타클로스. 그런 단어가 머리에 떠올랐다. 아니, 그럴 나이도 아니잖아. 고개를 옆으로 저었다.

이런 식으로 준 게 대체 몇 년 만이지?

그렇구나. 이게 메인이었던 거야.

설마 크리스마스 & 생일 선물이 빨간 책. 받은 입장으로서 고맙다고 생각하면서도 이건 뭔가 싶었는데, 진짜를 숨기기 위한 연출이었나 보다.

아버지한테 이런 장난기가 있었나? 라고 생각하면서, 아키코 씨의 영향이 아닐까 하는 생각이 들었다.

어쩌면 지금쯤 아야세 양도 뭔가 받지 않았을까?

포장지를 뜯고 알맹이를 꺼내봤다.

뭔가 팔락 바닥에 떨어졌다.

"……편지?"

선물에 메시지 카드라. 너무 거창하다고 생각하면서 주워 읽었다.

그냥 메리 크리스마스나 생일 카드인 줄 알았더니, 상당히 긴 문장이라 나는 침대에 앉아 꼼꼼하게 읽어 버렸다.

내년에는 성인이 되는 유우타에게, 로 시작되는 문장은—.

요약하면 부모님에 대한 배려에 감사하는 선물이라는 것과, 내년에는 어수선할 테니까 조금 일찍 성인이 되는 것의 축하를 겸한다, 라는 것이었다.

"그렇구나. 내년은 수험이니까……."

고교 3학년의 연말은 수험의 프레셔로 위가 쓰릴 무렵이다. 그럴 때 중압감이 더 느껴지는 선물은 하기 어렵겠지.

다시 상자 안쪽을 보았다.

"시계네…… 게다가 이건—."

브랜드를 잘 모르는 나도 알고 있는 메이커의 손목시계였다. 고등학생 중에서 평소에 쓰는 녀석은 거의 본 적이 없다.

중고라도 꽤 비쌀 법한 물건. 고교생인 내가, 만약 쓰고 싶어져도 감히 손댈 수 없는 물건이었다.

이런 건, 취직 축하 선물이라면 이해하겠는데.

—내년에는 성인이 되는 유우타에게.

편지의 도입부가 무겁게 다가왔다. 나도 내년에는 18세. 하려고 하면, 결혼도 할 수 있는 나이. 그렇게 되면 독립해서 생활을 하게 된다. 지금 이 순간까지, 그런 생각을 한 적도 없었는데.

일을 한다는 건, 아직 전혀 실감을 하기가 어렵다. 순조롭게 대학에 간다고 해도, 5, 6년 뒤에는 일을 하게 될— 아니 잠깐. 요즘은 취직도 그렇게 간단하지 않다고 들었다. 일을 하고 있으면 행운이라고— 하지만 먹고 살지 못하면 독립 못하고, 결혼도…….

머리를 좌우로 흔들어 무거움과 잡념 양쪽을 떨쳐냈다. 잡념이 어떤 망상인지는, 이 참에 제쳐두자.

상자에서 꺼내, 손목시계를 손목에 가볍게 둘러봤다.

신품인 은색 시곗줄이 어슴푸레한 빛 속에서 살짝 녹색으로 빛난다.

상상한 것보다 무겁지 않고, 찬 느낌도 좋았다. 고정쇠를 풀고 상자에 넣어두려다가, 생각을 고쳐 머리맡에 두었다.

이걸 평소에 차고 다닐 수 있을 정도의 수입을 얻고 싶다.

힘내자. 여러모로.

이불을 끌어당겨 안에 들어갔다.

베드 라이트의 불빛이 꺼져도, 시곗줄의 은색 빛은 잠시 눈꺼풀 안쪽에 남아 있었다.

●12월 24일 (목요일) 아야세 사키

종업식이 끝나자, 엄마가 부탁한 식재료(야채랑 조미료 이것저것)를 사서 곧장 귀가했다.

오늘 밤은 가족끼리 생일 겸 크리스마스 축하를 한다. 엄마도 일을 쉬고 열심히 저녁을 만든다고 했으니, 가능한 얼른 돌아가서 돕고 싶어.

완전히 익숙해진 현관문을 열었다.

다녀왔습니다, 짧게 인사하고 로퍼를 벗었다.

"어서 오렴. 일찍 왔네."

엄마는 벌써 부엌에 있었다. 아직 점심도 안 됐는데.

"도울게."

"어머. 엄마 혼자서도 괜찮으니까 쉬어도 되는데?"

엄마한테만 가사를 맡길 수는 없어— 라고 하진 않는다.

"괜찮아. 딱히 지치지도 않았고. 그리고 이거."

슈퍼에서 사온 식재료와 조미료를 다이닝 테이블 위에 놓았다.

"고마워."

"옷 갈아입고 올게. 금방 도울게."

"고집은. 누굴 닮은 걸까?"

당신입니다.

이것도 말하지 않고 내 방으로 뛰어 들어갔다.
옷을 갈아입고 부엌에 슥 들어갔다.
"뭐 준비하고 있어? 그리고, 오늘은 뭘 할 셈이야?"
"크리스마스에 유우타랑 사키의 생일 파티니까, 조금 호화로워. 밥이랑 된장국에 샐러드에 고기."
그거, 평소의 저녁이랑 뭐가 다른지 모르겠는데.
"무려, 고기가 이거야!"
일부러 냉장고를 열어 보여준다. 우왓, 커다란 새 다리! 고기 덩어리가 여러 개 진공 팩에 들어 있었다.
"닭다리……는 아니지?"
"칠면조야."
"어쩐 일이야?"
오리 고기라면 그나마 이해할 수 있다. 생고기를 파는 슈퍼도 있어.
하지만 요즘은 그럭저럭 보는 기회가 늘어났다고 하고, 모 거대한 꿈의 나라에 가면 먹을 수 있다지만, 터키는 아직 보기 드문 고기다.
그게 이렇게나 많이…….
"이거, 구워둔 거야?"
"아무래도 생으로 이만큼 커다란 걸 조리하는 건 힘드니까. 통구이 레시피도 알고는 있지만, 그건 수고도 시간도 엄청 걸려……. 굽기 사흘 전부터 해동해서, 하루 전에 처리를 해두고, 안에 재료를 넣어서 꿰매고…… 맛은 있거든? 맛은 있지만, 가게에서 할 거면 일하는 시간에 할 수 있지만.”

“으, 응. 힘들겠네.”

“그래. 힘들어. 그러니까, 이건 이미 로스트가 된 겁니다. 타이치 씨가 인터넷으로 주문해줬어. 아까 도착한 거야. 나중에 데우기만 하면 OK.”

냉장고에 넣고, 엄마가 말했다.

“그러면, 고기는 마지막에 하면 되겠네. ……다음은?”

“밥이랑 샐러드랑 된장국.”

“어, 그걸 지금부터—.”

“어머나. 아냐.”

응?

“아야세 양, 어서 와.”

목소리에 돌아보았다. 방에서 아사무라 군이 나오는 참이었다.

“아, 다녀왔어.”

“아키코 씨도 깼었네요. 벌써 식사 준비인가요?”

“그게 말이야. 여기만 조금 일찍 대청소를 할 생각이야.”

엄마가 아사무라 군에게 말하면서, 부엌을 가리켰다.

그렇구나. 연말이니까.

“도울게요.”

아사무라 군이 말하고, 나도 곧장 그걸 따랐다.

"나도 도울게."

"어머나. 그런 건 괜찮은데. 고마워."

엄마는 웃으면서 말했지만.

부엌 주변의 청소는 뜻밖에 상당히 힘들다. 부엌에서는 기름을 쓰니까. 기름때라는 건 한 번 스며들면 좀처럼 안 지거든.

"음, 그런데 생각보다 깔끔하네?"

나는 벽을 보면서 중얼거렸다.

"그야 뭐. 나도 아버지도 부엌은 거의 안 썼으니까."

"여기로 이사 올 때 처음에 산 거, 샐러드유였으니까. 튀김유도 없었어."

아, 그렇구나. 엄마가 말하자, 나도 납득했다.

요리에 기름을 안 쓰면 기름때도 발생하지 않는다. ……그러고 보니 아사무라 군, 내가 튀김을 하면 언제나 조심조심 놀란 표정으로 이쪽을 보고 있었지. 그렇구나. 튀김 요리는 안 했었구나.

"환기팬 청소도 오늘 해버릴까 생각하는데, 아마 엄청 편할 거야."

"매년 엄청 고생했었지."

"튀김 같은 건, 집에서 하는 요리라고 생각한 적이 없었거든."

"아사무라 군도 참…… 할 수 있거든?"

"알고 있어."

아사무라 군이 쓴웃음을 지었다. 도전을 해보고 싶다고 말하지만, 조금 위험하니까 처음에는 내가 옆에서 잘 보고 있어야지.

그러나…… 그렇구나. 올해는 그 고생을 안 해도 되네.

환기팬의 기름을 닦기 위해서 필터를 풀고 양동이나 욕조에 물을 담아 세제랑 같이 담가놓지 않아도. 레인지 주위의 타일에 들러붙은 기름을 닦기 위해 키친타월에 세정제를 적셔서 붙여두지 않아도— 괜찮을까?

그건 상당히 편할 거야.

"그러니까, 그렇게 수고롭지 않아."

"그러면, 더욱이 셋이서 하는 게 더 빠르잖아."

엄마가 한 번 숨을 내쉬더니, 그럼 저녁 식사 준비도 해야 하니까 얼른 끝내 버리자고 말했다. 내가 수긍했다. 아사무라 군도 동의했다.

2시간 정도 걸려, 부엌 주변의 청소가 끝났다.

휴식하면서 간식을 먹고, 나랑 엄마는 저녁 식사 준비를 시작했다. 엄마가, 오랜만에 나랑 단란하게 요리를 하고 싶다면서 아사무라 군이 돕는 건 말렸다.

아사무라 군은 마지못한 기색으로 방에 돌아갔다.

그리고 2시간 정도 걸렸을까.

된장국을 만들고, 샐러드를 만들고……. 그다지 크리스마스 같지도 않고, 상당히 가볍다고 생각했지만, 이야기를 하는 사이에 타이치 새아버지가 케이크를 사올 예정이란 말을 들었다.

저녁 식사를 먹고서 케이크?! 체중계에 올라가는 게 무서울 것 같아. 그러면 가벼운 편이 좋지.

사온 양배추와 오이를 사용해서 엄마가 뭔가 만들기 시작했다. 밀폐용기에 자른 야채를 넣어 착착 흔든다. 저건 아사즈케일까?

오늘…… 크리스마스 아냐?

뭐, 나랑 아사무라 군의 생일 축하도 겸하고 있다. 그러면 이상하지는 않네.

아니지. 생일 파티에 아사즈케라니, 역시 이상하잖아.

"왜 그러니? 사키. 이상한 표정이네."

"엄마 딸이니까."

"그러면 타이치 씨처럼 멋진 사람이랑 만날 수 있겠네."

"아 네, 그래요."

친아버지와 헤어진 다음, 엄마는 재혼에 부정적이었다.

신중해졌다, 라고 말하는 게 맞을지도 몰라. 최근의 언동으로는 상상하기 어렵지만, 엄마가 집에서 남성의 이야기를 한 기억이 없다. 아마 나를 키우는 동안, 연애 같은 것도 안 하지 않았을까?

직업 특성상 남자의 한심한 모습을 보는 일이 많기도 했을 거고, 친아버지 탓에 가벼운 남성불신에 빠지기도 했을 거야.

재혼이 결정된 뒤, 딱 한 번 친아버지 화제를 꺼낸 적이 있다. 이것저것 옛날을 돌이켜본 다음에 엄마가 말했다.

『타인끼리 사귀는 건 어려운 일이야.』

엄마가 휴가를 낸 날이었다. 집에서 마시는 건 드문 일이라고 생각하면서, 엄마가 잔을 가볍게 흔들어 안에 넣은 얼음을 또르르 굴리는 걸 나는 묵묵히 보고 있었다.

『그 사람은 나랑 잘 안 됐어. 하지만, 그가 아니었다면 구원 받지 못하는 사람이 있었을 지도 모르지.』

『그런, 걸까?』

『그런 법이야. 누가 보기에도 멋진 사람은 없어. 그, 젊은 애들이 그러잖아. 최애는 저마다 서로 다르다, 였던가?』

처음 듣는 말인데.

『그래서, 그…… 아사무라 씨, 였지? 그 사람은 괜찮아?』

『그렇네. 지금은.』

『지금은, 이라니…… 그거, 정말로 괜찮아?』

『평생 괜찮을 거라고 거짓말을 할 만큼, 나도 자신이 없거든. 전에도 괜찮을 거라고 생각했지만 잘 안 됐는걸. 하지만, 사키가 시집을 가거나, 데릴사위를 들이거나…… 그 정도까지는 버티지 않을까?』

둘 다 고르지 않는다면, 어쩔 셈이지?

『하지만, 그러면 어째서 한 번 더 결혼할 생각이 들었어?』

『같은 아픔을 경험했으니까, 일까?』

『아아…… 아사무라 씨도, 재혼이랬지.』

『그래. 적어도 같은 결과가 나오진 않을 거라고 보는 거지. 그냥 희망적인 관측이지만. 인생을 조금이라도 바꾸고 싶다면, 불확실한 길이라도 나아가야지.』

그런 법일까? 남 일처럼 생각했다.

결혼이란? ―그런 명제를 아직 진지하게 생각한 적이 없는 내가, 경험한 엄마랑 같은 시선으로 생각할 수 있을 리 없었다.

다만 경험이 부족한대로, 나에게는 추구하는 모습이 있다. 남편이 없어도 홀로 태연하게 살아갈 수 있을 정도로 돈벌이를 하고 싶다. 혼자서 살아갈 힘이 필요하다.

『아, 그렇지. 가능하면 타이치 씨나 새아버지라고 부르렴.』

문득 그 말을 들었는데, 나는 그 말이 좀처럼 머리에 정착되지 않았다.

아버지.

어려운 나이라고 불리는 나 같은 연령의 의붓 딸이 갑자기 생긴 새아버지의 심리적 부담을 가능한 줄여달라는 그런 종류의 엄마의 부탁일까?

『안 그러면 헷갈리니까.』

—아니었다.

『헷갈려?』

『그야 유우타 군도 아사무라잖아. 어느 쪽을 말하는지 알 수가 없게 되잖아.』

『유우타? 그건, 누구?』

『어머? 말 안 했나? 아사무라 씨네 아들. 아사무라 유우타 군.』

『아이가…… 있었구나.』

『너랑 같은 16살이야. 생일도 가깝지만, 유우타 군이 좀 더 먼저니까, 오빠가 되지. 유우타 오빠~라고 불러도 되지만. 뭐, 어쨌거나 생일이 일주일밖에 차이가 안 나니까 쌍둥이나 마찬가지네.』

전혀 다르거든요. 피가 안 이어진 쌍둥이는 들어본 적이 없다.

『못 들었는데.』

『그럼 지금 말한 거야. 다음 주까지는 만날 수 있을 거야. 그래서 유우타 군도 아사무라니까, 타이치 씨를 새아버지라고 부르거나, 유우타 군을 오빠라고 부르게 될 거야. 어느 쪽이든 좋지만, 잘 부탁해.』

잘 부탁을 받은 다음은 잘 기억이 안 난다.

별것 아닌 이야기를 하고 그 날이 끝난 것 같기도 하다.

어느 쪽이든 나는, 갑자기 오빠가 생긴다는 정보를 듣고 혼란에 빠져 있었다. 게다가, 일주일 안에 만난다니. 그런 중요한 건 좀 더 일찍 말해주면 좋잖아.

당일에 듣는 것보다는 낫잖아. 엄마가 말했을 때는『그렇게 아슬아슬한 때가 되어 말하는 사람이 있을 리 없잖아!』라고 무심코 말을 해버렸다.

그리고 벌써 반년.

예를 들어 지금, 내가 새삼 새아버지랑「괜찮은 거야?」라고 물어도, 엄마는 미소를 지으면서 역시「지금은」이라고 대답할 것 같아.

지금의 연애담도 영원하지 않다. 엄마는 그걸 알고 있으며, 각오도 하고 있는 거다.

그래도 내가 보기에 타이치 새아버지는 엄마랑 잘 어울리는 것 같다. 어디가, 라고 물어보면 대답하기 어렵지만, 새아버지랑 만난 뒤부터 엄마는 팽팽하게 당기고 있던 긴장의 끈을 조금 느슨하게 푼 것 같아.

무리해서 바쁘게 일하는 걸 관둔 건 딸이 보기에도 고맙다. 몸이 망가지는 것보다 훨씬 좋으니까.

어머니랑 친아버지는 잘 맞지 않았다.

10년 이상, 함께 살아왔는데 간격 조정을 하지 못했다. 아버지는 엄마에게, 자기가 멋대로 상상하는 아내의 모습을 발견하지 못했다.

엄마랑 별 거 아닌 이야기를 하면서 저녁 준비를 한다.

이제 슬슬 새아버지가 돌아올 무렵일까 하는 시간에, 아사무라 군의 방문이 열렸다. 꽤 조용했으니까 잠을 잤거나, 아니면 책이라도 읽고 있었을까. 아사무라 군은 독서를 좋아하니까.

엄마가 말을 걸었다.

"유우타~, TV 켜줄래~?"

"TV요?"

BGM 대신으로 영화를 틀었다.

여기서 보기에는 대각선이니까 화면은 안 보이지만, 활기찬 남자애의 목소리가 들린다. 크리스마스 송도 들리니까 크리스마스 영화일까?

그대로 아사무라 군은 거실 소파에 앉아, 어느새 영화를 보고 있었다.

옆모습이 여기서도 보인다.

그 얼굴을 봤더니, 처음 만났을 때가 떠올랐다.

긴장하고 있던 내가 억지로 추켜세운 아사무라 유우타의 상을, 그는 모조리 베어버렸다. 우리의 대화를 부모님들은 조마조마한 심정으로 지켜본 모양이지만, 자신의 허상을 만들지 않으려는 그의 말은 나에게 안도감을 주었다.

이 사람은 자신에게 허상을 강요하지 않는 사람이다.

그렇게 생각해서 나는 말했다.

『나는 당신에게 아무것도 기대하지 않을 거니까, 당신도 나에게 아무것도 기대하지 말아줬으면 해.』

그날부터, 내 시야에 아사무라 군이 들어왔다.

대강 준비를 마치자, 이제 할 일이 없으니까 느긋하게 쉬라고 엄마가 말했다.

앞치마를 벗고, 이제 어떡할까.

잠시 방으로 돌아가자, 책상 위에 흩어진 단어장이 눈에 들어왔다.

이제 수업이 없으니까 예습도 필요 없다. 수험 공부를 진행하기에는 저녁 시간이 너무 가까워서 시작하자마자 끝내야할 것 같다.

나는 단어장을 손에 들고 거실로 향했다.

TV에서 크리스마스 영화가 흐르고 있지만, 음악을 듣고 있으니 영화의 대사나 소리가 신경 쓰이진 않는다. 여기 있으면, 새아버지가 돌아와도 금방 알 수 있다.

아사무라 군 옆에 앉아서, 나는 단어장을 넘기기 시작했다.

Bounce ……반사한다. 응, 맞았어.

Concern ……관계하다. 아, 걱정한다, 라는 의미도 있구나. Worry도 그렇지 않았던가? 넘기는 손을 멈추고 생각에 잠겼다. 그렇지. 생각났어.

전에 사전에서 찾아봤지. Worry와 다른 점. Concern은 걱정하는 일이 일어나지 않도록 대책을 취한다. 그런 긍정적인 의미가 있다고 했었어.

걱정하기만 하는 게 아니라 제대로 대책을 세운다. 중요한 일이다. 그렇게까지 기억할 필요가 있는지는 알 수 없지만. 재미있어.

Consider ……consider? 그러니까……「~에 대해 생각하다」였나.

팔락팔락하고 넘어가는 단어장.

귓가에 편안한 리듬.

아사무라 군이 영화를 멍하니 바라보는 옆에서, 나는 계속 단어장을 넘겼다.

눈을 뜬 이유는 잘 모르겠다.

다만, 불빛이 꺼진 어둠 속이니까 깨달았을 거라고 생각한다.

거실에 계속 켜둔 야간 조명의 흐린 빛이 문틈으로 들어와서, 어둠을 배경으로 빛이 가늘게 세로로 뻗어 있었다.

문이 열려 있어.

"닫았을 텐데……."

혼자 중얼거리며 몸을 일으켰다.

베드라이트를 켜자, 문 안쪽에 작은 상자가 있는 것이 살짝 보였다.

"설마, 산타……?"

초등학교 저학년 무렵에 속아줬을 때가 떠올랐다. 다음날 아침에 「엄마, 고마워」라고 했더니, 다음해부터 산타가 오질 않았었지만.

이불에서 나와 카디건을 걸치고, 놓여 있는 선물 상자를 집었다.

그렇게 크지 않다.

양손 위에 올라갈 정도의 상자다.

리본을 풀어 포장지를 벗기자, 엄마의 편지와 작은 상자가 나왔다.

사키에게, 로 시작되는 문장은—.

언제나 지탱해주는 딸에 대한 감사와, 그 탓에 내가 너무 부담을 지는 것에 대한 걱정이 엄마 특유의 동글동글한 문자로 적혀 있었다. 한 가족의 이런 진지한 편지는 어째서 이렇게 읽고 있으면 낯간지러워지는 걸까— 이렇게 약간 물러난 시선으로 읽어버렸지만, 선물에 대해 적힌 부분을 읽고 침대 위에서 자세를 바로 잡아버렸다.

상자를 열었다.

안에는 브랜드 팔찌가 들어 있었다.

엄마의 편지로 시선을 돌렸다.

너라면 아마, 고등학교를 졸업하면 독립할 생각이 가득하겠지만—.

그렇게 적혀 있어서, 흠칫해버렸다. 분명하게 말한 적은 없을 텐데, 엄마는 이미 다 눈치 챈 모양이야.

『그리고 아마 그렇게 되면, 너는 엄마인 나한테도, 돈에 대한 상담을 안 할 거라고 생각해. 고집이 있으니까.』

"당신 딸이니까요……."

나는 손에 든 얇은 은팔찌와 편지를 교대로 보았다.

『그러니까, 이걸 선물할게. 내년에는 수험 때문에 어수선할 테니까, 아직 마음에 여유가 있는 이틈에. 여차하면 팔아도 돼. 아마, 한 달 정도는 먹고 살 수 있을 거야. 그러면, 그동안에 제대로 누군가랑 상담을 하고.』

의지하는 게 서투른 내 성격까지 파악하고 있어.

"하지만 그렇다고, 받은 직후의 선물을 얼마에 팔 수 있을까 생각하는 사람이 어디 있을까……."

있지만. 여기에.

엄마의 편지는, 고교생에게는 조금 값비싼 물건이 되어버렸다는 것을 사과하면서, 이런 선물을 떠넘기는 건 자기 억지니까 부디 받아달라고, 마무리를 짓고 있었다.

나는 한숨을 쉬었다.

그렇게 적으면 내가 돌려주기도 어려울 것까지 예상하고 있어.

한 번 팔에 차보고, 나는 팔찌를 침대 위에 살며시 놓았다. 간접 조명의 흐린 빛 속에서 팔찌가 은빛으로 빛났다.

손가락으로 척 가리켰다.

"한 달 넘길 수 있는 정도로 나는 쫄지 않아. 언젠가 10배로 엄마한테 돌려주겠어."

선언, 이라고 하기에는 어설픈 중얼거리는 목소리였다. 오히려 이건 기도라고 해야겠지. 상자에 다시 넣었다.

팔 생각은 안 한다.

이건 소중한 사람과 만날 때 차야지.

뚜껑을 덮지 않고 팔찌가 보이도록 한 채 머리맡에 두었다.

그대로 이불에 들어갔다.

"고마워, 엄마."

중얼거리고, 눈을 감기 전에 한 번만 더 상자 안의 선물을 보았다.

어둠 속에서, 은색의 작은 고리가 내는 빛이 보였다.

저 크기라면 천사의 머리 위에 있는 고리일까? 어라? 천사의 고리는 금색이었나? 뭐, 사소한 차이다. 별 것도 아닌 망상을 생각하면서 눈을 감았다.

소중한 사람들의 얼굴이 눈꺼풀 안쪽에서 차례차례 떠오르고 사라졌다.

메리 크리스마스.

그들에게, 부디 행복이 찾아오기를—.

●12월 31일 (목요일) 아사무라 유우타

어둑한 하늘 아래. 내쉬는 숨이 하얗고, 냉기가 닿은 볼이 아프다.

아침 6시가 조금 지나, 동쪽이 살짝 밝아지긴 했지만 아직도 어둑하다고 할 수 있는 시간이었다.

이런 이른 아침에 출발해야 하니까, 도쿄와 나가노는 역시 가깝다고 할 수 없을 것이다. 관광지인 카루이자와라면 신칸센이 다니지만, 아버지의 시골은 산골이니까.

2박밖에 안 하지만, 외출하기 직전이라는 것은 어수선한 법이다.

이게 없다, 저게 부족하다 하면서 다 같이 집 안을 우왕좌왕했다.

이런 광경은 오랜만이다.

구체적으로 말하자면, 아야세 양과 아키코 씨가 이사를 했을 때 이후 처음일까? 그때도 집 안을 가족이 모두 나서서 여기 가거나 저기 가거나 했었지.

그때만큼 어수선한 느낌은 아니지만, 다 같이 모여서 외출하기 위한 준비— 라는 것은 처음이라, 이건 이거대로 신선한 광경이었다.

우리들 중에서 가장 긴장하고 있는 것은 아키코 씨였다.

아버지와 아키코 씨는 결혼식을 안 열었다. 다시 말해서 아키코 씨가 아버지 쪽 친척들과 만나는 건 처음이 된다. 아무리 그래도 아버지의 부모님(나한테는 조부모)하고는 만났다고 했다.

기껏 회식을 한 번 했을 뿐일 거야.

성인 남녀의 결혼은 쌍방의 합의만 있으면 되니까, 설령 부모라도 그것에 이의를 제기할 수는 없다. 이제 와서 「그런 여자는 인정 못 한다」라고 해도, 신경 쓸 필요는 없다. 체면과 법률은 그렇게 되어 있다.

그러나, 현실이란 것은 어디까지나 현실적인 것이다.

그리고 친족이라는 것은 그냥 아는 사이보다도 인연을 끊기 어렵다. 미움 받으면 정신적으로 힘들다. 조부모든, 사촌이든, 부모든.

……의붓, 여동생이든.

미움 받아 버려도, 그런 관계성이라면 마주치는 것에서 좀처럼 도망치기 어렵다.

완전히 어웨이로 원정을 하게 된 아키코 씨로서는, 싸우기 전부터 질 수는 없을 테니 사전 준비에 여념이 없었다.

전쟁은 이미 시작된 것이다. 적지에 침공을 하는 거니까, 다시 말해서 공성전 같은 것일까?

도중에 필요한 음료, 과자, 갈아입을 옷과 세면도구에 지갑 등, 일반적인 여행 준비에 더해서, 친가에 가져갈 선물이 중요하다. 당연히 잊어선 안 된다. 선물 세트로 보이는 꾸러미가 셋. 세 가정 분량을 커다란 트렁크 가방에 수납해뒀다.

아키코 씨는 진지한 표정으로 메모와 눈싸움을 하면서 짐을 체크하고 있었다. 그 중에, 친척 아이에게 나눠줄 세뱃돈 봉투 같은 것이 힐끔 보였다. 메모에 이름과 금액도 적혀 있다는 것까지 깨달아 버렸다.

바텐더라는 접객 장사를 오래 하고 있는 아키코 씨니까 배려도 만전인 거겠지. 만날 가능성이 있는 친척 아이 이름은, 아버지에게 일부러 물어봤을 거야. 배려와 사전 준비가 어른의 사교술이구나, 하고 새삼 생각해 버렸다.

주변 환경을 정비해두면 자기 행동이 저해되지 않으니까 해둬서 손해가 없다는 거지. 이른바, 어른의 자세라는 거겠지.

내가 결혼했을 때를 상상해 봤다. 사전 준비나 배려 같은, 그런 비슷한 것을 기대할 거라고 생각하자 솔직히 머리가 아프다. 위도 쓰리다. 사촌들은 좋아하지만, 그래도 귀찮은 것은 변함이 없다.

관혼상제를 자동적으로 순회해주는 SNS 아바타, 누가 개발해주지 않을까?

쓸데없는 생각을 하면서 손을 움직였다.

물론, 내가 준비해 봐야 고작 스포츠 백 하나 분량이다.

갈아입을 옷이 많은 것도 아니고, 사흘 분량의 학교 숙제만 잊지 않으면 된다. 어렸을 때는 책을 네 권 정도는 가져가야 부족하지 않았지만, 지금은 전자서적이 있으니까.

현대문명 만세다.

"이제 그만 가자."

아버지가 말하고, 우리는 맨션의 주차장으로 갔다.

"넷이서 멀리 가는 건 처음이네."

"그러고 보니, 그래."

아버지가 말하고 아키코 씨가 수긍했다.

도내에서 생활하고 있으면 거의 자동차로 이동할 기회가 없다. 이렇게 가족 모두가 자동차로 이동하는 건 처음이다.

"나도, 새아버지 차를 타는 거 처음이야."

"안전운전이니까 괜찮아."

아키코 씨가 말했다.

아키코 씨는 아버지가 운전하는 차를 탄 적이 있었나 보다.

맨션의 주차장을 나섰을 때는 하늘이 절반 정도까지 밝아져 있었다.

졸음을 죽이면서 차에 탔다.

행선지가 겨울의 나가노이기에 타이어도 진작에 스터드리스였다.

칸에츠 자동차 도로와 죠신에츠 자동차 도로를 경유해서 가는 길은 정체가 없고, 눈이 안 내려도 4시간은 걸린다.

그리고 연말에는 그 양쪽이 존재한다. 이 시간에 출발해도 오후쯤이나 되어야 도착하려나.

그러니까 이렇게 빠르게 출발하는 거지만.

"아마, 내년에는 나랑 아키코 씨만 가게 될 거야. 너희들은 수험이 있잖아? 그리고 대학에 가면 각자 이것저것 대인관계가 생긴다. 어쩌면, 넷이 모여 외출하는 건, 좀처럼 하기 어려울지도 몰라. 그러니까, 올해는 다 같이 가고 싶었지. 아무것도 없는 곳이니까 지루할지도 모르지만……."

"내년엔 둘 다 수험이니까, 시간도 빠르네."

운전석에 앉은 아버지가 말하고, 조수석에 앉은 아키코 씨도 감개에 젖어 말했다.

넷이 모여 여행을 하는 건 마지막일지도 모른다. 아버지가 그렇게 말한 거다.

이 말에 나는 허를 찔리고 말았다.

안전벨트를 매고 뒷좌석에 몸을 맡기면서, 새삼 생각하게 된다.

마지막일지도 모른다— 라.

나는 옆 자리에 앉은 얼마 전에 생긴 의붓 여동생의 옆모습을 힐끔 살폈다.

두 귀에 이어폰을 끼고 아야세 양은 밝아지기 시작한 창밖을 보고 있었다. 내 시선을 깨달았는지, 한쪽 귀만 빼고 고개를 갸웃거렸다. 미디엄의 머리칼이 사라락 흘렀다.

"왜?"

심장이 두근 뛰었다.

"아, 아니…… 이른 아침이니까. 졸리지 않아?"

"그렇……네. 조금 졸릴지도 몰라."

목소리를 듣고 아버지가 등 뒤로 말했다.

"졸리면 자고 있어도 돼, 사키."

"감사합니다. 아직, 괜찮, 아요."

아야세 양은 다시 이어폰을 끼고 음악의 바다에 잠겼다. 창밖으로 고개를 돌리고 나를 안 본다. 팔꿈치가 닿을 정도로 가까이 있는데 거리가 멀었다. 조금 쓸쓸하네.

아니, 진정해라. 오히려 이거면 되는 거잖아.

나랑 아야세 양은 고교생의 남매이기도 하며, 생활공간을 부모와 공유하고 있다. 이 상황에서 오빠와 여동생의 틀을 벗어난 행위를 할 수 있을 리 없고, 그런 낌새를 보여도 안 된다. 그럴 거다.

문을 닫으면 노면을 두드리는 타이어 소리와 바람 소리도 신경 쓰이지 않을 만큼 작아진다. 느긋하게 진동하는 시트는 졸음을 부르는 1/f의 흔들림을 준다.

눈꺼풀이 서서히 무거워지고, 꾸벅꾸벅하면서도, 때때로 아키코 씨나 아버지와 대화하면서 나는 간신히 깨어 있었다.

정체를 겪으면서, 차는 오오이즈미 교차로에서 칸에츠 자동차 도로에 들어섰다.

그대로 하염없이 사이타마 현을 북상한다.

차 안에서 주로 대화를 하는 건 아버지와 아키코 씨다. 대화 내용은 별 것 아닌 생활의 이것저것에 관한 것. 아키코 씨의 요리 이야기. 「맛있었어」, 「또 만들게요」 이런 거. 언제나 하는 얘기인걸.

나로서는 가끔 맞장구를 치거나 하는 정도고, 대화에 참가하는 것도 아니지만, 그래도 아키코 씨가 상당히 긴장하고 있는 것을 느끼지 않을 수 없었다. 아마 아버지도 눈치챘다.

재혼한 아내라는 입장은 역시 신경이 쓰이는 법인가?

친척들의 눈이라.

예를 들어 나랑 아야세 양의 관계를 커밍아웃하게 되었다 치자. 아버지와 아키코 씨에게 어떻게 털어놔야 어색해지지 않을까?

현실적인 판단으로, 고교에 다니는 동안에는 부모 곁에서 학교를 다니게 되니까. 그렇다면 매일 아침, 두 사람과 얼굴을 마주치게 된다……. 마주치지 않을 수 없는 상대와 어색한 상태가 되는 것은 힘들다. 생각하고 싶지도 않다. 그러나 그렇다고 해서, 아야세 양과의 관계를 그만두는 것은 생각할 수가 없다.

좋아하게 된 상대를 그렇게 간단히 포기할 수 있을까?

상대가 싫어한다면 또 모르지만.

거기까지 생각하고 나는 지금까지 상상도 못 해본 가능성을 깨달아버렸다.

만약, 나랑 아야세 양의 관계가 중간에 끝나버리면?

그래도 나랑 그녀는 오빠와 여동생의 관계가 이어진다……. 관계성은 사라지지 않는다. 설령, 그 다음에 어느 쪽이 다른 누군가와 결혼을 한다고 해도.

나는 오빠이며, 아야세 양은 여동생이다. 적어도 이론적으론 그렇게 되고, 내 친족도 아야세 양의 친족도 오빠와 여동생이라고 볼 것이다.

아버지와 아키코 씨가 헤어진다면 또 다르겠지만.

무슨 생각을 하는 걸까, 나는. 재수 없게.

고개를 좌우로 흔들었다.

"유우타, 왜 그러니? 멀미하니?"

"괜찮아. 조금 싫은 생각을 해버려서."

"숙제 까먹었니?"

"……그건 제대로 가져왔어."

아들이 떠올리는 싫은 생각을 맨 먼저 숙제라고 생각하는 건가, 아버지는…… 뭐, 설마 연애관계란 생각은 안 하겠지.

그것도 아들과 의붓 딸의.

또 착각을 할지도 모르는 한숨을 「하아」 하고 뱉어냈다.

여전히 옆에 앉은 아야세 양은 창밖의 광경을 보고 있었다.

바깥은 완전히 밝아져서, 시부야에 난립해 있는 고층빌딩가에서 서서히 건물의 수가 줄어들고 자연이 많은 풍경으로 바뀌어 있었다.

고속도로의 좌우는 메마른 나무들이나 흙이 보이는 밭이 끝없이 이어졌다. 여름이라면 녹음이 선명한 풍경이었겠지만, 지금은 검은 색과 갈색의 겨울 풍경으로 바뀌어 있었다.

저 멀리 보이는 산들에는 하얀 눈이 내려 있었다.

2시간 달리고, 휴게소에서 휴식했다.

북쪽으로 나아감에 따라, 주변 풍경이 짙은 갈색에서 하얀 색과 짙은 갈색의 얼룩무늬로 바뀌었다.

"눈이 남아 있어."

"남아 있다기보다는 쌓여 있네."

"그야, 나가노니까."

아버지가 말했다.

나는 아키코 씨에게 물었다.

"아키코 씨는 겨울의 나가노는 처음인가요?"

"젊었을 때 한 번 스키를 타러 간 적이 있어."

"탈 수 있나요?"

"굴러서 아래까지 갈 수 있다는 걸 탈 수 있다고 할 수 있다면, 탈 수 있어."

그거, 못 타는 거죠……?

"타이치 씨는 탈 수 있어요?"

"나? 물론이지. 나는 대학 가기 전까지 이 동네 살았는걸."

"아버지, 스키 탈 수 있었구나……."

뜻밖이다.

차가 터널에 들어가서, 빠져나간다.

그 때마다 풍경은 더욱 한산해진다.

산간의 마을은 호수도 적고, 단층집이 많으며, 집과 집의 거리도 멀다.

긴 터널을 빠져나가자, 아버지가 「사쿠를 넘으면 코모로야」라고 말했다.

갈라진 호쿠리쿠 신칸센과 우리들이 달리는 죠신에츠 자동차 도로가 다시 만나는 건, 카루이자와 너머에 있는 사쿠 IC 근처다. 그 앞이 코모로, 나가노이며, 아버지의 시골은 더욱 안쪽.

이렇게 지명을 말해도 알 수 없겠지만 말이야. 나도 일일이 기억하고 있는 건 아니고, 아버지가 하나하나 아키코 씨에게 설명하니까 들리는 것뿐이다.

문득 옆을 보니, 아야세 양이 약간이지만 몸을 일으키고 아까 전보다 열심히 창밖을 보고 있었다.

"뭔가 마음에 드는 거라도 있어?"

내가 아야세 양에게 묻자, 그녀는 마치 옆에 내가 있는 것을 지금 깨달은 것처럼 돌아보았다.

"어, 그러니까, 딱히. 뭔가 있는 건 아니고, 저기— 저런 거?"

차의 오른쪽을 가리켰다. 나는 고개를 흔들어 가리킨 쪽을 보았다.

반대쪽 차선 너머, 새하얀 화장을 한 밭의 풍경 안에 단층의 민가가 덩그러니 놓여있었다. 기와지붕의 단독주택. 산간에서 빠져 나온 참에 그 건물만 하얀 경치 가운데 존재감을 뽐내고 있었다.

"저 낡은 건물?"

"그래. 꽤 오래 됐지, 저거. 고민가(古民家)라고 하잖아, 저런 거."

"그렇지."

분명히 건축 50년이 지나면, 고민가라고 불린다.

단어의 이미지를 통해서는 역사적인 건조물 같은 느낌이 들지만, 50년 전이면 1970년경에 세워진 것이다. 다시 말해서 전쟁도 이미 끝나고 더욱이 사반세기가 지난 시점이다. 역사적으로는 최근의 건물이지만, 정의에 따르면 50년 이상이면 고민가가 된다.

"아까 그 집은 고민가 중에서도 낡아 보였어."

고속도로에서 보이는 차창의 경치는 순식간에 지나가고, 하염없이 메마른 나무가 늘어선 풍경으로 바뀌어 있었다.

그래도 마찬가지 구조의 건물이 띄엄띄엄 좌우에 등장한다.

"봐봐. 저런 거, 아마, 더 오래 됐을 거야."

"위성 안테나는 있는데."

"안테나? ……용케 봤네."

"흥미를 가진 부분의 차이가 아닐까?"

창밖으로 튀어 나오면서, 3만 6천 킬로미터 상공에서 내려오는 위성전파를 수신하기 위한 하얀 파라볼라 안테나가 붙어 있었다.

우리들의 대화를 들은 아버지가 말했다.

"이 근처는 주변이 전부 산이니까. 휴대전화도 산간에는 고속 회선이 들어오질 않는 경우가 있어. TV를 보고 싶으면, 케이블이나 위성에 의지하게 되지."

나는 고개를 끄덕였다.

"정취는 사라지지만."

"살고 있다면 그렇게 되네요."

"그렇네. 내가 어린 시절은 인터넷을 연결하는 것도 보통 일이 아니었지만, 지금은 이제 그건 도회지랑 그다지 다를 바가 없어."

"그렇겠죠."

"저런 거 좋아해?"

내가 물어보자, 아야세 양이 고개를 끄덕였다.

“오래된 구조의 집이나, 신사나 절이나, 그대로 형태가 남아 있는 걸 보는 거 좋아해.”

“성 같은 것도?”

“그래. 돌담 같은 것도.”

“돌담? ……돌담만?”

아야세 양이 수긍했다. 어째선지 조금 기뻐 보인다.

“오래된 성의 경우 성 자체는 사라지고 돌담만 남아 있기도 하거든. 돌담만 남아 있거나, 해자만 남아 있는 것도 있어. 기둥만 남았거나, 기둥이 있던 흔적만 있기도 하고.”

“그런 걸 보면 재미있어?”

“응. 재미있어. 돌담 같은 건, 돌이 쌓여 있는 방식을 보면 어느 정도까지는 만들어진 시대를 알 수 있다고 해. 그러니까 아는 사람이 보면, 돌담만 봐도 여러 가지 알 수 있어. 그 이야기를 알았을 때, 굉장하다고 생각했어. 사라져버린 줄 알았던 것이 보이는 사람이 있구나 싶어서.”

“애당초 쌓는 방식에 차이가 있다는 걸 몰랐어.”

“그래? 교과서에 안 나왔던가? ……안 나왔을지도. 나, 그런 건 사진집을 보고 기억하는 일이 많으니까. 동영상이나.”

“동영상도 있구나.”

“있어. 『일본의 성』 같은 걸 검색해 보면 산더미처럼 나와. 나는 다른 동영상 같은 건 많이 안 보지만, 그런 건 옛날부터 봐왔어.”

“혹시, 일본사 같은 거 좋아해?”

긍정했다.

그러고 보니, 생각났다. 아야세 양, 일본사 시험만큼은 지난번도 지지난번도 100점이었지. 역사를 좋아했었구나. 뜻밖인 것 같기도 하고, 안 그런 것 같기도 하고.

다시 창밖으로 고개를 돌리면서, 아야세 양이 중얼거렸다.

“그러니까, 저런 오래된 건물을 보는 거 좋아해. 오래된 건물에는 오래된 기억이 남아 있으니까. 이 근처에 오면 볼 수 있다는 거 알고 있었어. 그래서, 조금 기대했어.”

아~ 그러고 보니, 시부야에는 고민가가 적겠네.

나가노는…… 그러고 보니 시마자키 도손의 시에도 있었잖아. 국어 교과서에도 종종 나온다.

『코모로라 하는 고성 옆에서, 눈은 하얗고 어린아이 슬퍼하도다.』

창밖의 흑백 풍경이, 한순간 빛바랜 세피아색이 되어 사진처럼 보였다.

차는 점점 더 외딴 산속으로 들어가고, 띄엄띄엄 존재하던 건물마저 눈 풍경 속으로 사라졌다. 코모로에서 나가노를 넘어 고속도로를 빠져나가, 더욱이 산속으로. 좌우로 꿈틀대는 산길을 하염없이 달려 도착한 곳은 탁 트인 분지였다.

큼직한 단층집이 보였다.

주차장이란 것은 없고, 건물 앞이 넓은 뜰이 되어 있었다. 거기만 눈을 쓸어내서 흙이 드러나 있었다.

아버지는 뜰 한구석에 차를 세웠다.

"도착했다."

다들 일단 차에서 내렸다. 차가운 공기에 몸이 떨린다. 주변에는 눈이 쌓여 있다. 눈을 쓸어놓지 않았다면 도회지의 신발은 푹푹 빠져 버렸을 거야. 내쉬는 숨결이 하얗다. 추위에 볼이 아파진다. 공기가 팽팽한 느낌이다.

"뜰이, 넓어요."

차에서 내려 하늘을 향해 기지개를 켜면서 아야세 양이 말했다.

아버지가 대답했다.

"뜰이라기보다, 아무것도 안 세운 것뿐이지. 뭐, 땅은 그럭저럭 넓으니까."

"집이 참 훌륭해요."

눈앞의 단층 일본 가옥을 보면서 아야세 양이 말했다.

"낡긴 낡았어. 내 조부님이 세웠다고 하니까."

기와지붕의 건물은 건축된 지 50년은 가뿐히 넘었다. 다시 말해서 아야세 양이 좋아하는 고민가에 해당한다.

"굉장해……."

"안은 나름대로 리모델링을 했으니까 그렇게 불편하지는 않을 거야. 어이쿠, 사키, 아키코 씨도, 추우니까 얼른 안에 들어가자."

"네, 타이치 씨."

"짐은 내가 옮길게, 아버지."

"아아. 그럼 나눠서 옮기자."

무거운 짐은 나랑 아버지가 들었다. 아버지가 선두에 서서 현관으로 갔다. 옆에 선 아키코 씨가 전에 없이 딱딱한 표정이고 나랑 아야세 양은 나란히 두 사람 뒤를 따라갔다.

그렇게 아침 일찍 나왔는데, 태양은 벌써 남쪽을 지나 서쪽을 향해 내려가고 있었다.

하얀 입김을 내쉬면서 아야세 양은 아버지의 시골집을 빤히 바라보았다.

—오래된 건물을 보는 거 좋아해.

—오래된 건물에는 오래된 기억이 남아 있으니까.

아야세 양은 아버지의 시골집을 보고, 과연 뭘 발견하게 될까?

"다녀왔습니다아."

현관을 연 아버지가 안을 향해 외쳤다.

다녀왔습니다란 말을 들을 때마다, 여기가 아버지가 태어나 나란 집이라는 걸 실감한다.

「네에」 하는 대답이 들리고, 타박타박 느긋한 발소리가 다가왔다.

나타난 것은 아버지의 어머니, 다시 말해서 할머니였다.
"어서 오렴, 타이치. 카나에도 아까 도착했단다."
그렇게 말하고 할머니는 부드러운 미소를 지었다. 아직 등도 굽어지지 않고, 목소리도 건강하다. 변함이 없다고 나는 생각했다. 조금 안도했다.
아버지가 고개를 끄덕이고, 옆에 선 아키코 씨가 인사를 했다.
"실례하겠습니다. 어머님."
"그래. 아키코 씨도 오랜만이야."
할머니의 미소에 굳어 있던 아키코 씨의 표정이 살짝 풀어졌다. 그리고 옆에 서 있는 아야세 양의 등 뒤로 가볍게 손을 움직였다.
"저기……, 딸인 사키입니다."
"사키입니다."
앞으로 한 걸음 스윽 나서서, 아야세 양이 깊숙하게 고개를 숙였다.
조부모와 회식한 것은 평일이었으니까, 나도 아야세 양도 참석하지 않았다. 그래서 아야세 양이 할머니를 만나는 건 처음이었다.
"그래. 어서 오렴. 만나고 싶었단다, 사키."
"잘 부탁드립니다."
"그럼, 그럼. 자기 집이라고 생각하고 푹 쉬어. 자, 얼른

들어오렴. 다들 거실에 있으니까. 차도 내줄게."

"아, 저도 도울게요."

아키코 씨가 말했다.

할머니가 한순간 망설이는 표정을 지은 다음, 「그렇네」 하고 말했다.

"하지만 먼저 방으로 안내해야지."

"네."

현관에서 신발을 벗고, 할머니의 안내를 받아 우리는 마룻바닥의 복도를 나아갔다. 나는 뭐 여러 번 찾아온 집이니까, 거실이라고 하면 어딘지 다 알지만.

복도에 오르기 전에 아야세 양이 작은 소리로 중얼거렸다.

"타타키(三和土)다……."

조금 감동한 목소리. 나는 어허? 하며 고개를 갸웃거리고, 그 뒤에 어쩌면 아야세 양은 처음으로 도마를 보는 걸지도 모른다고 이해했다. 아니, 본 적은 있을지도 몰라. 실감하는 건 처음일까?

일본 가옥이란 것은 지면에 붙이지 않고 바닥을 조금 띄워서 공간을 만든다. 그곳에 바람을 들이기 위해서다. 이 나라는 습도가 높으니까, 그렇게 만들지 않으면 목조 건축은 금방 상해 버린다.

지면과 건물의 바닥 높이가 다르기 때문에 오래된 가옥은 입구 부분만 지면과 같은 높이가 되어 있고, 거기서 신발을 벗은 다음 마루에 올라간다. 이렇게, 건물 안쪽인데 지면과 같은 높이인 부분을 도마(土間)라고 부른다.

도마 부분에 이것저것 칠해서 굳어져 있으면 타타키[#4].

하지만, 나는 문득 생각했다. 이런 건 어쩌면 아야세 양이 더 잘 알 거야. 일본사 100점을 맞을 정도니까.

아야세 양이 복도를 나아가면서, 건물 여기저기로 시선을 돌렸다.

현관에서 복도를 나아가면 금방 앞이 막히고 좌우로 갈라진다.

왼쪽으로 가면 취사장.

그렇지만, 할머니는 그쪽으로 안 가고 오른쪽으로 돌았다. 그러면, 바깥쪽을 빙 두른 것처럼 이어진 복도가 자연스럽게 툇마루로 둔갑한다. 오른쪽의 아마도(雨戸)[#5]는 전부 토부쿠로(戸袋)[#6]에 집어넣어서 뜰과 직접 접하는 상태가 되어 있었다. 언뜻 보기에 누레엔(濡れ縁)[#7]으로 보이지만, 토부쿠로에 들어가 있는 덧문을 전부 닫으면 복도로 돌아온다.

서쪽으로 기울어 가는 해님의 빛이 들어와 복도가 빛나

#4 타타키 현대에는 현관의 신발 벗어두는 공간을 타타키로 부르기도 한다.

#5 아마도 일본 가옥의 구성요소. 바깥쪽에 장지처럼 미닫이로 설치된 덧문. 외부로 노출되어 비바람을 막는 용도이기 때문에 나무 판자로 튼튼하게 만들어진다.

#6 토부쿠로 외부 덧문인 아마도를 수납하기 위해 가장 구석에 마련되어 있는 수납 공간.

#7 누레엔 외부로 돌출된 툇마루 같은 구조물. 비바람에 노출되어 비에 젖기 때문에 누레엔이라고 불린다.

고 있었다.

"넓어……."

아야세 양이 중얼거리는 소리가 들렸다.

왼쪽은 장지로 구분되어 있지만, 툇마루에서 보이는 것만 해도 방이 세 개 있다. 거실로 쓰이는 건 한가운데의 방이다. 바로 앞의 방은 조부모의 침실이고, 안쪽은, 아버지의 형 부부가 쓰는 방이다. 이름은 타이치지만, 아버지는 차남이다.

보이진 않지만, 안쪽(북쪽)에는 더욱이 방이 세 개 더 있고, 거기가 객실로 배당되고 있었다.

와하하, 웃는 소리가 장지 너머에서 들렸다.

"어머나. 떠들썩하네."

쓴웃음을 지으면서 할머니가 장지를 드르륵 열었다.

넓은 방이다. 이미 아사무라 가문의 일족이 모여 있었다. 할아버지와 장남인 아버지의 형(다시 말해서, 나한테는 백부다)을 비롯하여, 와글거리는 많은 수가 둘러앉아 있었다. 한 변이 4미터인 방이 좁아 보인다.

로우 테이블— 요컨대 찻상을 두 개 꺼내서, 거기에 마실 것이나 과자를 쌓아두었다.

"타이치가 왔어요."

"그래! 드디어 왔구나. 도쿄는 멀구먼."

커다란 소리로 말하고 노인이 일어섰다. 할아버지다. 이

마는 완전히 넓어졌고, 수염은 새하얗게 변했지만, 여전히 목소리는 활기차다.

"아키코 씨도 오랜만이야. 건강했나?"

"네. 오랜만입니다. 아버님."

그렇게 말하고 고개를 숙이는 아키코 씨에게 사람들의 시선이 모였다.

우와, 이건 프레셔다.

이 안에서 아키코 씨와 면식이 있는 건 할아버지와 할머니 둘뿐이다. 백부랑 백부의 아내와 그 아들, 그리고, 숙모와 숙모의 남편과 그 아이들(이쪽은 게다가 둘이다)까지 일곱 명하고는 처음 만난다.

……어라? 한 명 많아. 방 안에 낯선 여성이 있었다.

"그래요. 인사는 나중에 천천히 합시다. 타이치네는 피곤할 테니까, 일단 방으로 안내할게요."

"그, 그래."

아키코 씨 사이에 끼어든 할머니가 말했다. 낯선 여성이 신경 쓰였지만, 우리는 가볍게 인사를 나누기만 하고 방에서 물러나 할머니 뒤를 따라갔다. 그대로 복도를 나아가 빙 돌아 안쪽 방 하나로 안내를 받았다.

"올해는 이 방을 쓰려무나. 이불도 준비를 해뒀어."

"고마워, 엄마."

아버지가 말했다.

우리가 쓸 객실은 한 변이 3.5미터쯤 되고, 방의 한구석에 이불이 네 세트 준비되어 있었다.

다다미의 냄새가 강하게 느껴진다. 평소에는 잘 안 쓰기 때문일까.

이제부터 이틀을 여기서 묵게 된다.

응? 여기서? 일가 넷이서?

그걸 깨닫고 심장이 크게 뛰었다. 그렇다면, 어 잠깐만 기다려 봐. 새삼스럽지만. 우리들은 네 명이고, 그러니까 아야세 양도 같은 방에서 잔다고?

"미안하구나. 올해는 아이들만 따로 묵을 방을 준비 못 했어, 사실은—."

할머니가 말을 꺼내는 걸 가로막는 것처럼, 장지 너머에서 누가 말을 걸었다.

사촌 형인 코우스케 씨 목소리다.

아버지가 대답하자 장지가 열렸다. 예상대로. 나보다 여덟 살 연상인 사촌 형이 나타났다.

재작년에 대학을 졸업하고, 사회인이 됐다.

코우스케 씨는 옆에 여성을 데리고 왔다. 방금 거실에서 본 낯선 사람. 아마도 코우스케 씨랑 비슷한 나이고, 얌전한 느낌의.

"응? 코우스케 군, 무슨 일이니?"

"아, 저기 말이죠. 소개하고 싶은 사람이—."

말하면서 옆의 여성을 재촉하자, 그녀가 꾸벅 고개를 숙였다. 세미 롱의 머리칼이 사라락 흘렀다. 나기사, 라고 자기소개를 했다.

사실은 결혼했어요. 쑥스러워하면서 코우스케 씨가 소개했다.

"오오, 그랬구나! 축하해, 코우스케 군!"

아버지의 축복에 코우스케 씨가 미소를 지었다.

나는 놀라서 입을 쩍 벌리고 있었다.

작년까지는 그런 사람 있다는 낌새도 없었는데.

들어보니 나기사 씨는 코우스케 씨보다 한 살 연하, 대학의 서클에서 만났다고 한다. 다시 말해서, 아무리 생각해도 3년 이상 교제했다는 거니까…….

아니, 결코 이상하지는 않다. 이상하지는 않아. 나보다 여덟 살 연상이고, 2년 전에 대학을 졸업해서 사회인이 되었으니까.

뭐, 여덟 살 연하인 사촌 동생한테 자기 연애 이야기를 하진 않겠지.

아버지도 아키코 씨랑 아야세 양을 불러 코우스케 씨에게 소개했다. 처음 뵙겠습니다, 잘 부탁해요 등 쌍방이 인사를 나눴다.

코우스케 씨가 아야세 양을 보고 나를 보았다.

"그래. 여동생이 생겼구나, 유우타."

"아, 네."

"뭐야~. 나는 유우타도 결혼한 줄 알았네."

농담이라는 건 알지만, 머릿속이 한순간 새하얗게 변했다. 아니, 그게, 나랑 아야세 양이…… 결혼?

"그럴 리 없잖아요. 나는 아직 고교생이라고요."

간신히 목소리에 동요를 드러내지 않았다고 생각한다. 아버지랑 아키코 씨, 아야세 양까지 있는 곳에서 무슨 말을 하는 거야.

그러고 보니 코우스케 씨는 옛날부터 이런 식으로 놀리는 사람이었지.

"물론, 농담이야."

"알고 있어요."

……하지만, 코우스케 씨가 결혼이라.

눈앞의 사촌 형이 단숨에 어른이 되어 버린 감각이 날 덮쳤다.

"코우스케 씨, 서클 같은 거 했었네요."

짐을 방구석으로 두면서 내가 물었다.

아버지는 아키코 씨를 소개하려고 거실에 가버려서, 남은 건 나와 아야세 양, 그리고 코우스케 씨와 나기사 씨 넷뿐이다.

"그다지 열심히 활동했다고 할 수는 없지만 말이야~."

"하지만, 코우 씨가 제일 잘 탔어요."
겸손해하는 코우스케 씨를, 나기사 씨가 즉시 커버했다. 이제 막 결혼했다는데, 벌써 호흡이 찰떡이네. 오히려 호흡이 맞으니까 결혼한 걸까?
"잘 타요?"
"응, 스키 동호회였거든. 뭐, 잘 탄다고 해도 이쪽에서는 그렇게 잘 타는 편도 아니니까."
"나가노 사람은 다들 탈 줄 알아요?"
보기 드물게 아야세 양이 대화에 끼어들었다. 평소에는 남의 대화에 끼어드는 일을 하는 타입이 아닌데.
"그야, 눈이 없는 지방 사람들보다는 잘 타지."
"거기서 나기사 씨랑?"
내가 물어보자, 코우스케 씨와 나기사 씨는 둘이 나란히 동시에 우물쭈물 말을 흐렸다.
뭘까?
여덟 살 연상의 사촌 형이 눈앞에서 이러면, 이쪽이 더 부끄러워지는데.
"아니 그게…… 그렇긴 한데 말이지."
"그렇죠."
뭔가 둘이서만 통하고 있어.
캐묻는 시선을 보내자, 나기사 씨가 그 이야기를 해주었다.
"나는, 마침 스키를 배우고 싶다고 생각한 참이라. 그래서 코우 씨가 잘 탄다는 걸 알고서 내 친구가 세팅을 해줬어."

"그런 것도 모르고 식당에 끌려 나갔단 말이지."

"코우 씨 친구도 내 친구도, 『코우 씨가 스키 엄청 잘 타니까 배워보지?』라면서 소개해주려고 했는데—."

"알았으면, 나름대로 대응했다니까."

"그랬구나아."

나기사 씨의 눈가가 웃고 있다. 거짓말쟁이, 그런 느낌이다.

"어떻게 대응했는데요?"

"친구가 열심히 추켜올려주는데, 엄청 담백하게. 『나 정도는 누구나 탈 수 있다』라거나 『중력을 거스르지 않으면 경사는 제멋대로 미끄러지면서 내려가게 되니까 밸런스만 잘 잡으면 문제없다』라거나."

"그렇군요."

"영 반응이 안 좋았어."

"그러니까 미안하다고……."

"막 만났을 무렵에는 미움을 산건가 했었지."

"가르쳐 달라고 딱 말을 해줬으면, 나도 그렇게는!"

"그렇게 말을 딱 하는 애면, 누구든지 꼼꼼하게 가르쳐주는구나?"

"으, 윽. 그, 그런 의미가 아니고 말이지—."

키득키득 웃는 나기사 씨.

코우스케 씨가 변명을 한다.

"과하게 칭찬을 받는 거에 익숙하질 않았다니까."

"코우 씨는, 스스로에게 좀 더 자신을 가져도 돼. 그리고 말이야. 오히려 그래서 흥미가 생겼는걸."

"어, 그랬나요?"

뜻밖이라 무심코 끼어들었다.

"그래. 자기를 현실의 자신보다 크게 보이려고 하지 않는 점이 좋았다고 할까? 솔직한 사람이라고 생각했지."

"어어…… 고마워."

"후후.

후련할 정도의 연애 자랑이군.

그건 그렇고, 대학 2학년부터 사귀었다면 이제 곧 6년째인가. 꽤 오래 됐는데도 이제 막 사귀기 시작한 커플처럼 달달하다.

지난 반년, 눈앞에서 아버지랑 아키코 씨의 메이플 시럽에 생크림을 섞은 것 같은 모습을 보게 된 탓에 이제 그만 익숙해졌다고 생각했는데. 그런 것과는 인연이 없을 거라 생각했던 사촌 형이 비슷한, 아니 더 솔직한 것을 보여주다니. 뛰는 놈 위에 나는 놈이 있었구나— 그것도 애들 앞이라 좀 사양했던 거구나, 아버지랑 아키코 씨는.

"알 것 같아……."

조용히 들릴까 말까한 말이 귀에 들어왔다.

어느새 몸을 내밀며 내 옆에서 이야기를 듣고 있던 아야세 양이었다.

뭘 어떻게 이해한 건지는 모르겠지만, 나를 보더니 홱 하고 아야세 양은 고개를 돌려버렸다.

"그래도 결혼이라니. 갑자기 정한 거야?"

나는 코우스케 씨한테 시선을 되돌리고 물었다.

아버지도 몰랐던 이유는 뭐지? 보통 결혼을 알리는 엽서 정도는 보내는 것 같은데.

고개를 갸웃거리고 있는데 「식은 아직이야」라고 코우스케 씨가 말했다. 반년 이상 나중이 될 것 같다고. 다시 말해서 정확하게 말하면 「호적에 올렸다」라는 모양이다. 아버지랑 아키코 씨랑 똑같네.

"식은 안 올려?"

"그런 건 아니고. 하고 싶다고 생각은 하지. 사실은 프로포즈도 좀 나중에 할 생각이었어."

"어어?"

한순간, 힐끔 나기사 씨 쪽을 살피고 말았다. 여성에게 결혼을 미루고 싶다고 말하면 좀 싫어하지 않나? 라고 신경을 써버렸는데.

나기사 씨는 신경 쓰는 기색도 없었다. 의아하게 생각하고 있자니, 말을 이어갔다.

"다만, 그게……. 아직 아버지랑 어머니한테만 말했는데,

아무래도 해외 근무를 하게 될 것 같거든."

"해외?!"

"그래. 지금으로서는 통째로 2년 정도 예정이야."

"언제부터요?"

"봄."

"금방이잖아요!"

"그러니까, 지금부터는 식장 구하는 것도 힘들어. 준비할 것도 많고."

"애당초 못 잡아요…… 일단은 찾아봤지만."

"반년 전에 정해달라고 했거든. 지금부터라면 여름 이후가 될 거야."

"그랬……던 건가요?"

리얼하게 생각해본 적도 없으니까, 물론 조사해본 적도 없다.

상상도 못 하겠어.

"네. 식장을 가리지 않는다면 어딘가는 비어 있겠지. 하지만 코우스케 씨의 집은 친척도 많으니까 모두가 모이는 날에, 모이기 쉬운 장소로 해야 되잖아요."

"그런 장소는 당연히 예약도 쇄도하니까. 그리고 나기사의 취향도 있고. 남자는 일본식이든 서양식이든 신경 안 쓰지만. 여성은 드레스와 시로무쿠에서 취향이 갈리고."

"내가 억지 부리는 것처럼 말하면 섭섭해요."

"아아, 미안. 그럴 셈은 아니었어. 그래도 한번 그쪽에 가버리면 2년으로 끝난다고 장담을 할 수도 없으니까."

"기다리는 건 싫어요."

나기사 씨는 얌전해 보였지만, 감정은 확실하게 말하는 타입인 모양이네. 그게 코우스케 씨랑 잘 맞은 걸까? 이 연상의 사촌은 그다지 상대의 감정을 읽어내는데 열심인 성격이 아니니까.

"그래서, 호적에 올리는 것부터 하게 된 거지. 같이 따라가고 싶다고 하니까. 다행히, 회사에서도 단신부임이 아니면 안 된다고는 안 했고."

"둘이서 해외인가요? ……호적에는, 언제 올렸어요?"

"24일."

"응? 어, 설마 이번 달?"

"그래."

그건, 모를 만 하네.

"반년 전부터 같이 살고 있으니까, 그 날은 수속만 한 날이지만 말이야. 기념일은 잊지 않는 편이 좋다고 하기에."

"코우 씨는 태연하게 잊으니까요. 말해두지 않으면 내 생일도 잊어요."

"그건 아무리 그래도……."

정말로 사이좋네, 이 두 사람.

"어디 보자. 그럼, 유우타. 우리는 저쪽에 돌아갈게."

"아, 네. 우리도—."

같이 갈게요, 라고 말하려 했을 때였다.

다다다다, 하고 발소리가 들리고 장지가 열리더니, 「유우 혀~엉, 놀자~!」라는 소리와 함께 아이 둘이 들어왔다.

소리를 낼 정도로 힘차게 열린 장지 너머에서, 초등학생 정도의 아이들 둘이 뛰어 들어왔다.

그대로 사양하지 않고 둘 다 나한테 몸통박치기를 해왔다.

"유우 형, 유우 형! 놀자!"

"놀자~."

단숨에 떠들썩해졌다.

"타쿠미, 미카. 오랜만이네."

말하면서 허리 부근을 끌어안는 초등학생 2인조를 영차 끌어안았다. 만나는 건 1년만이지만 많이 컸구나 생각했다. 연상의 남자애가 타쿠미, 여자애가 미카라고 하는데, 둘 다 아버지의 여동생인 숙모의 아이들이다. 나한테는 사촌 동생이지. 타쿠미가 미카보다 두 살 연상이다.

"있잖아, 있잖아! 이거 봐봐. 이거, 유우 형! 이거 봐, 괴수 받았어!"

"받았어~ 괴수~."

"아니야. 미카가 받은 건 반지. 괴수는 이거!"

소프트 비닐로 된 괴수를 드높이 들면서 타쿠미가 말했다.

오빠가 들어 올린 장난감 괴수 인형을 올려다보며 미카

는 자기가 가진 장난감 반지를 똑같이 천장을 향해서 치켜들었다. 반지라고 해도 어른이 하는 진짜가 아니라, 플라스틱으로 만든 볼 정도로 커다란 거다. 보석에 해당하는 부분에 마법진 같은 게 그려져 있다. 무슨 애니메이션에서 나온 아이템일지도 몰라. 나는 잘 모르지만 마루라면 알지도 모르겠네.

"그러면~ 이건, 반지 괴수."

"그게 뭐야! 뭐 됐어. 있지, 유우 형. 놀자!"

"놀자~."

"잠깐만, 잠깐만. 기다려봐."

아이들은 정말로 갑작스럽다.

"있지~, 여기 예쁜 언니는 누구야~?"

달라붙어 있는 미카가 나에게 물었다.

"아야세 양이야."

대답하고서, 깨달았다.

이러면 이 녀석들은 모르지. 성을 옛날 성 그대로 부르는 건 실생활의 편의성을 위해서고, 친척들에게는 아야세 양을 아사무라 사키라고 소개했기 때문이다. 아버지가 태어난 고향인 이 근처에는 오랜 생각이 남아 있다. 아직 가족의 성이 똑 같은 게 당연하다고 생각하는 사람들이 있다.

내가 아야세라고 불러 버리면, 가족이 된 것을 거부하는 것처럼 보지 않을까?

그러니까 이 경우는, 「여동생인 사키야」라고 소개하는 게 좋다. 이름을 가볍게 부르는 것에 저항이 있다면, 「사키 양」 같은 것도— 아니, 무리. 내가 무리다.

미카가 빙글 돌아보았다.

그대로 코우스케 씨랑 나기사 씨를 가리켰다.

"코우 오빠랑 나아 언니!"

"그래그래. 하지만 남한테 손가락질을 하면 안 된다, 미카."

머리를 쓰다듬으면서 코우스케 씨가 미카에게 말했다.

"응. 알았어."

빙글 돌아 이번엔 나를 봤다.

"유우 오빠!"

"아, 응. 안녕."

"그리고, 으음……. 아야…… 아야 언니!"

"어, 아. 네?"

아야세 양은 당황했는지 의문형으로 대답해 버렸다.

아냐? 라고 미카가 고개를 갸웃거렸다. 아니다. 애당초 「아야세」는 성이지 이름이 아니다. 그렇지만, 이제 와서 미카한테 「아야세 사키」 혹은 「아사무라 사키」야, 라고 소개해도 더 혼란스럽기만 하지 않을까?

그리고 「아야 언니」이라면, 어쩐지 이름을 부르는 것처럼 보이지 않나?

내가 생각하면서도 참 고식적인 해결책 같지만, 이거라

면 아야세 양이라고 계속 불러도 부자연스럽지만 부자연스럽지 않을 것 같은데.

"있잖아, 있잖아. 유우 오빠."

"응?"

"아야 언니는 유우 오빠랑, 친구야?"

"아야세 양은 내 여동생이야. 새롭게 여동생이 됐거든."

미카가 고개를 갸웃거렸다.

잘 이해가 안 간다는 표정이네.

"미카, 엄마가 말했잖아. 타이치 아저씨가 결혼했댔어."

"결혼하면, 여동생 있어?"

나는 쓴웃음을 지어 버렸다. 뭐라고 말을 해야 이해를 할까.

생각해 봤지만, 좋은 설명이 떠오르질 않네. 어쩔 수 없이 나는 화제를 돌리기로 했다. 그러고 보니, 초등학생 시절의 자신이 그리워진다. 나도 코우스케 씨가 이런 식으로 놀아줬었지. 초등학생이고, 그것도 고학년일 무렵…… 타쿠미 정도의 나이가 됐을 즈음에 이미 어머니는 나를 챙기지 않았다.

신년 연휴의 불과 이틀 정도라도, 코우스케 씨가 놀아주는 것은 나에게는 무척 기쁜 일이었다.

"타쿠미, 미카. 뭐하고 놀까?"

""게임!""

둘이 나란히 같은 단어를 외쳤다.

"게임이라아."

여기서 말하는 『게임』은, 설의 정석인 주사위 놀이나 후쿠와라이[#8] 등이 아니라, 물론 카루타나 백인일수[#9]도 아니고, 보드 게임도 아닌, 당연히 컴퓨터 게임이다.

역시 디지털 네이티브.

"나, 엄마한테 빌려올게!"

타쿠미가 방에서 뛰쳐나갔다.

오빠 뒤를 따라가려고 서두르다가 미카가 넘어질 뻔했다. 나는 반사적으로 미카를 지탱했다. 그대로 손을 끌어주었다.

모두 거실로 향했다.

타쿠미가 게임을 하고 싶다고 엄마한테 말했다. 휴대도 되고 설치형도 되는 게임기를 가져온 모양이다. 우리는 게임기를 들고 TV가 있는 방으로 이동했다.

초등학생 둘에게 어른들의 이야기에 섞이라고 말해도 금방 질릴 거라는 걸 알고 있다. 나도 그랬으니까.

코우스케 씨에게 도움을 받아서 세팅. 컨트롤러가 네 개니까, 네 명까지는 동시에 놀 수 있다.

#8 후쿠와라이 이목구비가 없는 빈 얼굴의 윤곽에 미리 그려놓은 이목구비 등의 종이조각 등을 눈을 가리고 윤곽에 붙이는 놀이.

#9 카루타, 백인일수 백인일수는 본래 일본의 고전 시가 100선 같은 것이다. 이후 첫 수를 말하면 이어지는 수를 찾는 놀이로 발전했고, 이것을 카드에 적어서 첫 수를 말하면 이어지는 다음 수가 적힌 카드를 재빨리 잡는 놀이가 카루타이다.

"유우타, 애들 상대 부탁할 수 있지?"

코우스케 씨 말에, 나는 고개를 끄덕였다.

그리고 코우스케 씨랑 나기사 씨는, 어른들이 있는 거실로 돌아갔다. 어쩌면 결혼식에 대한 상담 같은 걸 하는 걸지도 모른다.

코우스케 씨랑 나기사 씨가 방에서 나가고 장지를 조용히 닫았다.

나랑 아야세 양은 아이들 방에 남았다.

"게임, 하자! 유우 형!"

"그, 그래. 그러니까…… 뭘 할래?"

기기를 기동시켜서, 게임을 찾았다.

아야세 양도 포함하여 넷이서 신나게 놀 수 있을 것 같은 게 없을까 찾다가, 타이틀 하나를 발견했다.

"이게 좋을까……. 타쿠미랑 미카는 이거면 되니?"

그렇게 물어보자, 예상대로 둘 다 힘차게 수긍했다.

나 자신은 그렇게까지 게임에 대해 잘 알지는 않지만, 이 게임은 예전에 마루한테 배워서 해본 적이 있다.

"그러면, 아야세 양도. 자."

"어. 하지만, 나는 이 게임, 전혀 모르는데."

"간단하니까 괜찮아. 그리고 이 게임은 대전이 아니라 협력 플레이니까."

타쿠미랑 미카가 게임기를 안 가져왔다면 내 태블릿을

빌려줄 참이었다. 하지만 이렇게 커다란 화면 앞에서 같이 노는 게 역시 재미있지.

게임을 기동했다.

화면 안에 작은 요리사 네 명이 나타났다. 이 꼬맹이 요리사들을 조종해서, 손님의 주문대로 요리를 만드는 게 이 게임의 흐름이다.

물론 간단하지 않다. 주문에는 제한 시간이 있고, 조리장은 형태를 바꾼다. 그렇지만, 넷이 잘 협력하면 클리어할 수 있다. 퍼즐이기도 하고 액션이기도 한 게임이다.

TV 앞에 앉아 우리는 놀기 시작했다.

화면 안에서, 우리가 조종하는 꼬맹이 요리사가 총총 움직이기 시작했다. 야채를 썰고, 고기를 프라이팬에 넣고 굽는다. 날아다니는 주문, 날아다니는 그릇과 요리. 요리가 늦다고 불평하는 손님들의 목소리가 들린다.

아무래도 초등학생 둘은 익숙한 모양인지 솜씨가 좋다. 서로에게 지시를 하면서 점점 진행한다. 나랑 아야세 양은 그들의 지시를 따라가는 게 고작이다.

"아야 언니, 아야 언니!"

미카가 아야세 양을 불렀다. 아무래도, 미카는 『아야 언니』라고 부르는 게 정착한 모양이다.

"왜, 왜?"

"고기, 타버려!"

"앗."

아야세 양이 조종하는 요리사가 프라이팬에 미처 도착하기 전에, 불꽃이 화르르 타올랐다.

"아아아아……."

너무 가열하면 사양하지 않고 식재료가 타오른다. 내버려 두면 조리장도 타오른다.

당황한 소리를 내는 아야세 양은 흔히 볼 수 있는 게 아닌데. 아니, 감동하고 있을 때가 아니다. 평소에는 드라이하고 침착한 아야세 양이 완전히 패닉에 빠졌다.

"진정해, 아야세 양!"

"이거, 어떡하면—."

타고 있는 조리장의 불꽃은 소화기로 끌 수 있다. 뭐, 타버린 요리는 다시 만드는 수밖에 없지만.

유감이지만 시간이 다 돼서 스테이지 클리어를 못했다.

"미안해."

"아야 언니, 요리 못해?"

"아니아니, 미카. 아야세 양은 요리 잘해. 이건 그게, 게임이니까 그렇지. 괜찮아. 아야세 양. 다음에 힘내자."

"그렇게까지 커버해주면, 오히려 상처 받아."

"어라?!"

그럴 셈은 아니었는데—.

"아니, 그래도 아야세 양이 요리 잘하는 건 사실이니까."

“고기 태웠고, 조리장도 타버렸는데?”

“그건 게임이잖아.”

“안 질 거야.”

“익숙해지면 이쪽 요리도 나보다 잘하게 될 거야. 익숙하질 않아서 그렇지.”

“분해.”

이렇게 오기를 부리는 아야세 양은 처음 봤을지도 모른다. 지기 싫어하는 건 알고 있었지만.

“아야 언니, 아야 언니.”

소매를 끌어서 아야세 양이 미카를 보았다.

“엄마가 말했어. 남매는 사이좋게 지내야 하는 거랬어.”

그렇게 말하고, 미카는 「그치, 오빠야」 하더니 이번에는 타쿠미를 보았다.

타쿠미도 수긍했다.

“아야 언니는 유우 오빠 싫어해?”

“그, 그렇진 않아.”

“그러면, 화해해야지. 화해하는 법 가르쳐 줘?”

“부탁, 드립니다?”

어째서 그게 의문형일까?

대학의 준교수하고도 격렬한 논전을 펼치는 아야세 양이지만, 아무래도 초등학생 상대는 전혀 다른 모양이군.

나는 매년 시골에 올 때마다 타쿠미랑 미카를 상대하고,

내가 어렸을 때 어떤 취급을 받았는지를 어렴풋이 기억하고 있다. 하지만 아야세 양의 가족은 거의 친척끼리 모임이 없는 모양이다. 관혼상제가 있을 때마다 모이는 아사무라 가문하고는 경험의 차이가 있는 거겠지.

그리고 타쿠미랑 미카는 내가 아는 중에서도 상당히 사이좋은 남매다.

미카가 오빠인 타쿠미의 팔을 붙잡았다.

"오빠야, 화해해."

"그래그래. 미카. 미안합니다."

"옹서함미다."

"자. 그러면 화해해."

그렇게 말하면서, 타쿠미랑 미카는 볼을 찰싹 붙였다. 서로를 꼬옥 끌어안았다. 한순간, 눈앞에서 현실감이 날아갔다. 마치 외국 영화를 보는 것 같다고 생각했다. 타쿠미랑 미카의 용모가 머리색도 피부색도 밝으며, 이목구비가 단정한 얼굴이라서 그런 걸까? 종교화의 천사를 보는 것 같았다.

천사가 달라붙어서 키득키득 웃는다.

카나에 숙모의 결혼 상대가 쿼터라서, 옛날부터 타쿠미랑 미카에게선 천사가 연상되었지만.

그때였다.

흐뭇하게 지켜보는 내 눈앞에서, 미카가 타쿠미의 볼에

키스를 했다.

"자."

"오빠야도, 화해해."

볼을 붙인 채로 빙글 돌아봐서, 나랑 아야세 양이 굳어 버렸다.

어. 지금 그게 화해하는 법이야?

키득키득 웃으면서 볼을 붙인 천사 같은 얼굴의 타쿠미와 미카가 우리를 빤히 보고 있었다. 안 해? 라고 말하는 것 같은 표정. 아니 그래도, 사이좋은 남매라고 해도 보통 키스는 안 하지.

안 할, 거야.

"화해 안 해?"

"아, 아니 우리는 벌써 사이좋거든."

"응……."

"아야세 양?"

어쩐지 아야세 양의 상태도 이상해.

"얘들아~! 밥 다 됐다~!"

복도 너머에서 들린 목소리에 제정신으로 돌아왔다.

숨을 내쉬고 나는 뒤로 손바닥을 댔다. 다다미에 닿은 손이 주륵 미끄러져서 당황했다. 손으로 만지면 까끌까끌한 주제에, 다다미는 눈의 방향에 따라 미끄러지기 쉬워진다니까.

타쿠미랑 미카가 서로 몸을 떼더니, 벌써 장지를 열고

「밥이다!」하고 외치면서 복도를 달려가고 있었다.

"가자. 밥 먹으라고 하니까."

"그렇네.

서로 마치 꿈에서 깬 것 같은 표정을 하고 우리는 복도를 천천히 걸어갔다.

심장 고동이 시끄러울 정도로 계속 울려서, 어른들이 기다리는 방에 도착할 때까지 어떻게든 잦아들기를 기도했다.

연회장 같은 큰 방에 친척 일동이 이미 다 모여 있었다.

큰 방의 크기는, 한 변이 5미터 정도.

로우 테이블을 세 개 붙여서 중앙에 두었다.

탁상에는 커다란 그릇에 담긴 요리들이 있었다. 아무래도 스키야키인가 보군. 탁상 위에 가스레인지가 셋. 각각 위에 철 냄비가 놓였고, 이미 육수가 끓고 있었다.

스키야키의 건더기는 야채가 많다. 연근, 우엉, 표고버섯, 송이버섯, 팽나무버섯, 파, 쑥갓……. 고기는 닭고기다. 스키야키는 쇠고기라고 생각하는 사람이 많겠지만, 아사무라 가문의 스키야키는 닭고기다. 이유는 모른다. 저렴해서 그런 건지, 그냥 관습인지. 뭐, 나는 닭고기 좋아하니까 됐어.

그밖에, 오세치 요리[#10]도 찬합에 담겨 놓여 있었다.

#10 오세치 요리 일본의 전통 설음식. 도시락처럼 미리 만들어서 찬합에 담아 차갑게 먹는다는 특징이 있다.

이쪽도 요즘 세상에 수제다.

다테마키[#11], 쿠리킨톤[#12], 검은콩조림, 청어알, 카마보코[#13], 다시마……. 전체적으로 갈색이 되어 버리는 것이 일식의 약점인데, 카마보코의 홍백, 새우의 빨간색, 그리고 다테마키나 쿠리킨톤의 노란색 덕분에 색채를 유지하고 있었다.

오세치 요리 중에서 나는 다테마키를 제일 좋아해서, 어린 시절에는 그것만 먹는다고 자주 혼났다. 하지만, 어린아이의 미각으로는 다른 재료가 영 맛이 없었단 말이지. 고교생이 된 뒤부터, 생선 조림이나 청어알, 검은콩도 맛있는 거라고 생각하게 됐다. 아무래도 미각이라는 것은 제2차 성징을 경계로 변화하는 모양이다.

테이블 주변에는 이미 친척 일동이 둘러 앉아 있었다.

맥주도 뚜껑을 땄고, 아버지는 형제들과 마시면서 대화를 하고 있었다.

나랑 아야세 양이 도착하자, 할머니와 아키코 씨가 아이들용 음료로 페트병에 든 차와 보리차를 부엌에서 가져왔다.

모두 모인 참에 「잘 먹겠습니다」고 말했다.

이 집에는 조부모와 장남(아버지의 형) 부부와 그 자식

#11 다테마키치 계란과 생선살을 섞어서 만든 계란말이.

#12 쿠리킨톤 고구마를 삶아 으깨서 설탕으로 조린 밤을 감싸 만든다.

#13 카마보코 어묵의 일종. 찌거나, 굽거나, 튀기는 등 여러 가지 조리법에 따라 이름이 바뀐다. 기본적으로 찐 어묵을 카마보코라고 한다. 바깥쪽에 색소 등으로 색을 내서 보기 좋게 만든 것이 많다.

(코우스케 씨)까지 세 세대가 살고 있다. 아버지는 도쿄에 살고, 아버지의 여동생 부부는 치바에 산다. 그 가족들이 한 자리에 모였으니, 모두 합쳐서 그러니까…… 12명. 나랑 아야세 양을 더하면 14명이 모였다. 테이블 주변에 둘러 앉아 있는 모습이 나에게는 보기 드문 광경이 아니었지만, 아야세 양은 장지를 열고 들어왔을 때 조금 머뭇거리는 표정을 보였다.

건배를 하고, 요리를 젓가락으로 집고 잠시 지나, 새삼 아버지는 아키코 씨와 아야세 양을 친척들에게 소개했다.

도착한 뒤에 한 번 소개를 했기 때문인지, 아버지 옆에서 일어선 아키코 씨는 잘 부탁 드립니다라고만 하고 끝났다. 그러나 옆에 있는 아야세 양은 이게 첫 소개가 되기 때문인지, 이름을 말한 걸로 끝나지 않고 나이는 몇이니, 학교에서는 뭘 하니 등을 묻는다.

현대의 도쿄에 살고 있으면 설령 친척이라도 이름 이상의 정보를 초면에 물어보는 일이 적을 것 같지만, 아버지의 시골에서는 옛날 풍습이 남아 있다. 할머니가 「자자, 이제 그만 하자」 하고 말해줘서, 드디어 아야세 양은 앉을 수 있었다. 안도한 표정이네.

교대해서 이번에는 코우스케 씨가 일어서서 옆에 있는 나기사 씨를 소개했다. 이번에는 나기사 씨가 친척들의 질문공세를 받게 됐다.

나는 수고했다고 작게 말하며, 아야세 양의 컵에 차를 따랐다.

"고마워."

"오세치, 뭐 먹을래? 집어줄게."

"그러니까. 그러면 다테마키 먹고 싶어. 맛있어 보여. 다테마키 좋아하기도 하고. ……나 뭔가, 이상한 말 같은 거 안 했어?"

"안 이상해, 전혀. 나도 좋아하거든."

따로 준비된 젓가락으로 집어 찬합에서 덜어먹는 그릇에 놓아주었다.

아야세 양이 자기 젓가락으로 집어서 조금 깨물었다.

"새아버지는, 이 맛을 먹으면서 자랐구나. 그렇구나, 그래서 엄마가……."

뭐가 그렇구나인지는 모르겠지만, 아야세 양이 뭔가 납득한 표정이었다.

그리고 잠시 묵묵히 젓가락을 움직였다.

주변의 대화를 조용히 듣고 있다.

코우스케 씨는 대학이 사이타마에 있었지만, 졸업한 뒤에 나가노로 돌아왔다. 다시 말해서 나기사 씨하고는 졸업한 뒤로 원거리 연애였다는 거다. 주말마다 차를 타고 어디 간다 싶더라니, 어느샌가 이렇게 귀여운 색시를 데리고 와서는—.

이런 대화가 들렸다.

"역시 전혀 만나지 못하게 되면 불안해서. 그게…… 지금은 인터넷으로 매일 얼굴을 볼 수도 있지만요."

나기사 씨가 말하자, 코우스케 씨도 옆에서 크게 고개를 끄덕였다.

그래서 해외 전근 얘기를 계기로 호적에 올렸다고.

들으면서 나는 나라면 어떻게 했을까 생각해 버렸다. 만약 아야세 양이랑 만나지 못하게 된다면—.

"뭐, 코우스케는 외로움을 타는 녀석이지. 이 녀석은 집을 혼자서 보는 게 싫어서, 어디든지 따라가려고 했을 정도니까."

코우타 백부가 그렇게 말하자 코우스케 씨가 「아버지, 그만해요」라며 부끄러워하니까, 그 다음에도 코우스케 씨의 옛날이야기가 계속 폭로된다. 어린 시절의 모습부터, 뭘 좋아하고 뭘 싫어하는지까지. 코우스케 씨는 쓴웃음을 짓고, 나기사 씨는 흥미롭게 그걸 듣고 있었다.

흘러 들어오는 이야기를 은근히 듣고 있으니, 나기사 씨는 코우스케 씨의 해외 전근 이야기가 나온 여름 즈음부터 이 집에서 이미 동거를 하고 있었던 모양이다. 나기사 씨 자신의 일이 어떻게 됐는지까지는 모르겠다. 나가노에서 일자리를 구했다면 코우스케 씨를 따라갈 때 그 일은 어떻게 할 것인가, 라거나.

그런 부분은 사생활이니까 평소에는 신경 쓰지 않고 넘

겼겠지만. 지금 나는 귀를 기울이면서 들어버리고 있었다.

내가 무의식적으로 그러는 걸 깨닫고 놀랐을 정도다.

현실에서 남녀가 사귄다는 것은, 영화나 책으로 보는 것과는 달라 보인다. 픽션이 반짝이는 부분만 잘라냈기 때문이겠지. 오락이니까 당연히 그렇게 된다.

그러나 현실은 리얼하다. 눈앞에 우뚝 선 것은 드라마틱한 장애물이 아니라, 어디든지 있을 법한 흔해빠진 귀찮은 일일 경우가 많다. 관공서에서 처리해야 하는 수속이거나, 주변 사람들에 대한 보고라든가…… 이렇게 과거를 알고 있는 친척들이 호기심 어린 시선으로 보는 거라든지.

털털하게 악의 없이 「애를 낳아서 얼른 할아버지한테 보여 드려라」라고 하는 거라든지.

만혼화가 진행되어 아이들을 낳지 않는 선택을 하는 부부도 늘어나는 가운데 그런 화제는 센시티브하다고 생각하지만, 나기사 씨는 눈살 찌푸리지 않고 묵묵히 흘려들었다. 어른이네라고 아야세 양이 조용히 말하고, 나는 무심코 그녀의 얼굴을 살피고 말았다.

아야세 양은 받아 흘리는 걸 잘 못한다.

한편으로 아키코 씨는 조부모 옆에서 술을 따르며 대화를 하고 있었다. 이쪽은 이쪽대로 웃으면서 계속 커뮤니케이션을 하고 있다. 새삼스럽게 도회지의 일등지에 존재하는 바에서 오래도록 바텐더로 일한다는 것이 어떤 것인지 통감했다.

내심 어떻게 생각하든, 표면상으로는 아키코 씨의 얼굴에 불만이 한 조각도 안 떠올라 있었다. 물론, 그건 친어머니도 마찬가지였다. 그 사람도, 한 해에 한 번 만나는 친척들 앞에서는 타고난 내숭을 부렸었지.

이혼하고 몇 년 동안, 정월의 모임에 참가하는 건 아버지한테 바늘방석이었을 거야.

친척들한테 「왜 헤어졌니」의 융단 폭격을 계속 받았으니까. 그 공격에 친어머니를 욕하지 않고 여러모로 안 맞았다는 말로 헤쳐 나갔다.

우리가 만약 결혼한다면, 이 자리가 어떤 분위기가 되는 걸까…… 그 생각에 불안해 진다. 나랑 아야세 양은 저렇게 친척들과 능숙하게 커뮤니케이션을 할 수 있을까?

그리고 시간이 지나, 밤의 장막이 내렸다.

친척 일동과 큰 방에 동석하면서, 해넘이 국수를 먹고 한 해를 돌아보며 담소했다. 중간에 타쿠미랑 미카가 잠들어서, 코우스케 씨랑 같이 이불에 눕혀놓는 걸 도운 것 말고는 친척들과 이런저런 얘기를 하며 보냈다.

그동안 아야세 양은 시종 꿔다 놓은 보릿자루처럼 얌전히 있었다.

"그러면, 이제 그만 갈까?"

할아버지가 말하며 일어서고, 다들 일어섰다.

아야세 양도 이끌려서 일어서긴 했지만, 당황한 표정으

로 살짝 나에게 귓속말을 했다.

"저기…… 어디 가는데?"

"해넘이 참배야. 차를 타고 가지만, 추우니까, 겉옷을 가져가서 껴입는 게 좋을 거야. 그리고 너무 추우면 돌아와서 한 번 더 목욕을 하는 게 좋을지도."

"지금부터?"

"그야, 해넘이 참배니까."

아야세 양은 눈꺼풀이 떨어질 것 같았다. 졸음이 밀려오는 모양이다.

"뭐, 졸리면 여기서 자도 되는데. 어떡할래?"

"……갈래."

해넘이 참배라는 것은 신사불각에 가는 첫 참배를 섣달그믐의 밤부터 심야 0시에 걸쳐 설날에 하는 형식을 말한다.

두꺼운 겉옷을 준비하고 우리는 밖으로 나섰다.

눈은 안 내렸지만, 나가노의 산골이다. 기온은 이미 0도 아래다.

현관문을 열자마자 부는 바람의 높은 소리에 나는 무심코 몸을 움츠렸다. 추위가 발치에서 다가온다.

재빨리 아버지의 차에 올라탔다. 문을 닫고 차의 난방으로 따뜻해질 때까지가 제일 추위를 느낄지도 모른다. 위에 입을 겉옷은 아직 무릎 위에 있었다. 아사무라 가문의 친족 일동을 태운 차 세 대가 근처의 신사로 달렸다.

제야의 종 첫 타종이 켜둔 라디오를 통해 들렸다.

신사에 도착하여 차를 주차장에 세웠다.

내려서 코트를 껴입었다. 옷깃을 단단히 여며 냉기가 들어오지 못하게 한다. 모자도, 그리고 아야세 양이 선물해 준 넥 워머도 잊지 않는다. 완전 무장이다.

아야세 양도 마찬가지로 장갑부터 모자까지 쓰고, 폭신해 보이는 더블 코트를 입었다. 밤눈에도 선명한 머스터드 옐로우색은 아야세 양에게 잘 어울렸다.

아키코 씨가 다가와 우리들에게 휴대용 손난로를 내밀었다.

"주머니에 넣어두면 좋아."

우리는 고맙게 받았다. 역시 아키코 씨다. 준비성이 좋아.

주차장 주변에는 눈을 쓸어서 쌓아둔 눈이 단단한 벽이 되어 있었다. 저 정도 눈이 만약 쌓여 있었다면, 도저히 참배는 할 수 없었겠지. 그렇게 생각하자, 참배를 위해 눈을 치워주는 사람들에게 매년 감사할 따름이다.

"꽤, 산 속에 있네."

"그래. 오쿠샤[#14]거든."

"오쿠샤?"

#14 오쿠샤 일본 신사의 사당 중 하나를 가리키는 말. 가장 산속 깊은 곳, 가장 높은 곳에 위치한 사당.

"여기, 산자락에 위를 향해 몇 갠가 신사가 있어. 가장 앞에 있는 것부터 일본신화의 유명한 이야기, 아마노이와토[#15]라는 거 있잖아. 그거에 관련된 신을 모시고 있어."

"아아. 응, 물론 알고 있어. 화가 난 태양신님이 아마노이와토 너머에 틀어박히는 생활을 시작해서, 신들이 떠들썩한 연회를 열어 끌어냈다는 이야기지.

"으, 응. 그래, 그거."

아무래도 시험 범위를 기억하기 때문인지 어쩐지 짐작이 되는 아야세 양의 요약에 맞장구를 치면서, 나는 아사무라 가문이 매년 산 속의 오쿠샤에 참배를 하러 간다고 말했다.

"참고로 여기서부터 2킬로미터쯤 걸어야 돼."

"어?"

"중간에 긴 계단도 있으니까, 내일은 근육통을 각오하는 게 좋을 거야."

"못 들었어."

나를 올려다보면서 빤히 노려본다.

"그러니까 따뜻한 차 안에서 기다려도 되는데, 어떡할래?"

"……갈래. 이런 곳에서 혼자 기다리고 싶지 않아."

"뭐, 체험해보고 힘들면 말해. 다음에는 기다려도 되니까."

자연스럽게 말해 버렸지만, 아야세 양은 퍼뜩 고개를 들

#14 아마노이와토 일본 신화의 최고신 아마테라스가 동생인 스사노오의 횡포에 질려 아마노이와토 ― 하늘의 바위문 ― 너머 동굴에 틀어박혀 나오지 않았다고 한다.

었다.

"다음에?"

"매년 연례행사니까."

"다음이구나. 응, 알았어. 무슨 일이든 체험을 해야 돼. 해보고 힘들면 말할게."

"그러면 좋지."

이것도 작은 간격 조정일지도 모른다. 그때는 그런 것을 멍하니 생각했을 뿐이었다.

아키코 씨랑 나란히 아버지가 걷기 시작하고, 우리는 두 사람 뒤를 따랐다.

입구에 자리 잡은 커다란 토리이가 다가오자 아야세 양은 휴대전화를 코트 주머니에서 꺼냈다.

카메라를 기동해서 토리이를 찍었다. 플래시가 깜빡이자, 한순간만 어둠 속에 목조의 커다란 토리이와 등 뒤에 하얗게 쌓인 눈이 떠올랐다. 물론 다른 참배객들의 눈이 부시지 않도록, 배려하면서였다.

"어이, 늦지 마라~."

아버지가 부르는 소리에, 우리는 걷는 속도를 높였다. 발이 미끄러질 것 같아 고생했다.

길 가장자리로 토리이를 지났다. 한가운데는 신들이 지나는 길이다.

똑바로 뻗은 산길이 끝이 보이지 않을 정도로 뻗어 있었다.

눈을 쓸어두긴 했지만, 발치에는 살짝 쌓인 하얀 덩어리가 자갈과 섞여 있었다. 천천히, 조심조심 걸어야 넘어지지 않는다.

익숙하지 않은 아야세 양이 몇 번인가 미끄러질 뻔해서, 나는 그녀에게 눈 위를 걷는 법을 가르쳐주게 되었다. 발바닥 전체로 눈을 붙잡는 이미지로 걷는 게 요령이다.

토리이를 지난 뒤 얼마간 평탄한 길이 이어진다.

15분쯤 걸어서 드디어 절반 정도 지점에 도달했다.

붉게 칠한 문이 보이면, 거기가 중간 지점. 커다란 문 위에 초가지붕이 달려 있고, 겨울이 아니면 풀이 우거져 있다. 지금은 하얗게 눈이 쌓여 있었다. 시메나와[#16]가 늘어진 붉은 문이 속세의 부정이 들어오지 못하도록 막아선다. 아야세 양이 휴대전화를 꺼내 카메라로 찍었다.

정말로 이런 오래된 건물 좋아하는구나.

나도 새삼 눈앞의 문을 보았다.

"이 정도로 오래되면, 역사가 느껴지네."

"응~. 그것뿐이 아닐 거야."

"어?"

"오래된 거니까 역사가 느껴진다고 하지만, 역사를 느낄 수 있는 건 그냥 오래됐기 때문이 아니라고 생각해. 우리는 사실 건물을 어떻게 다뤘는지를 보고 있잖아?"

#16 시메나와 일본의 금줄. 성역과 속세를 구분하는 경계선 역할을 한다. 시메나와는 형태가 꽤 다양해서, 한국의 금줄과 비슷한 것이 있는가 하면 밧줄인지 의심되는 지푸라기 덩어리도 있다.

"어떻게 다뤘는지?"

"그래. 예를 들어 눈동자를 안 그린 낡은 다루마[#17]를 발견했다고 쳐보자. 그건, 아무도 소원을 빌지 않았다— 그걸 사용한 사람이 없었다는 사실을 엿볼 수 있어. 그러니까 그 낡은 다루마에서 뭔가를 느낀다면 슬픔이겠지."

"그렇구나."

"애당초 비바람에 노출된 목조 건축은, 손질을 안 하면 썩어서 사라지는 법이야. 사람이 살지 않는 건물이 상하기 쉬워진다는 이야기도 있잖아."

아야세 양의 말에, 나는 그녀가 나가노에 올 때 차 안에서 한 말을 떠올렸다.

오래된 건물에는 오래된 기억이 남아있으니까—.

다시 말해서 아야세 양이 말하고 싶은 건 이거구나.

우리들 눈앞에 있는 빛바랜 붉은색 문은 그냥 물건으로서 오랜 세월을 보이는 것이 아니라, 그곳에 있기만 해도 감사를 받으며 잘 손질되어 왔다는 증거라는 것이다.

"그래, 그거야."

그걸 다 합쳐서 아야세 양은 『오래된 기억』이라고 부르

#17 다루마 일본의 전통 공예 장난감. 달마 대사의 모습을 본뜬 오뚝이다. 처음엔 눈동자를 찍어놓지 않는데, 한쪽 눈동자를 찍으면서 소원을 빌고 그것이 이루어지면 나머지 눈동자도 찍는다.

는 걸까?

"아야세 양은 프로파일링을 하는 거구나."

"프로……?"

"추리소설에 가끔 나오는 거야. 일어난 범죄에서 저지른 인간에 대해 통계적으로 분석하는 걸 범죄자 프로파일링이라고 하거든."

"그건, 추리랑 어떻게 달라?"

"범인을 특정하는 게 아냐. 이런 범죄를 일으키는 인물은, 통계적으로 이런 인물상으로 설정할 수 있다, 그 정도밖에 말 못 해. 언제나 예외는 존재하니까. 예를 들어 살인이라는 결과가 마찬가지라도, 동기가 같다고는 장담할 수 없잖아. 실제로 다를 거라고 생각되니까, 와이 더닛(whydunnit) 같은 장르가 존재하는 건데—."

"……아사무라 군, 정말로 미스터리 잘 아는구나."

"나는 그렇게까지 잘 아는 건 아닐 거야."

누가 뭐라도 알바 하는 곳에 미스터리를 좋아하는 책벌레가 있으니까.

뇌리에 힐끔 검은 롱 헤어의 일본풍 미인 얼굴이 떠올랐다.

"—어쨌든, 책으로 읽은 지식뿐이야. 아야세 양은 오래된 건물이 어떻게 그런 지금의 모습이 됐는지 흥미가 있는 거구나."

"그럴, 지도."

"『할아버지의 낡은 시계』구나."

할아버지가 태어났을 때부터 죽을 때까지 계속 움직인 시계의 노래다. 이 노래에는 작자의 제작에 영감을 준 시계에 관한 실화가 있다.

만들어진 것이나 선물 받은 물건의 현재 모습은, 그 물건이 만들어진 경위나 선물 받은 다음에 소중하게 혹은 조잡하게 다룬 궤적이 깃든다.

멈춰버린 시계가 죽은 할아버지의 인생과 겹친다.

"노래는 하지 말고."

한 박자 뒤에 아야세 양이 날카롭게 말했다.

"응?"

"그거, 안 돼."

"싫어해?"

"울 거야."

밤의 어둠 속, 길의 좌우에 늘어선 촛불의 빛은 희미해서 아야세 양의 표정이 자세히 보이진 않는다. 그래도 언제나 드라이한 그녀가 흘린 한 마디가 너무 뜻밖이라서 나는 빤히 바라보고 말았다.

"아…… 알았어."

계단을 올라가서 코마이누[#18] 사이를 통과하여, 경내로

#18 코마이누 일본에서 신사 등을 수호하는, 개 모양 동물 조각상. 대개 한 쌍으로 조각된다. 본래는 고구려의 해태상에서 유래되었지만 시간이 지나면서 현지화되었다. 이 때문인지 한반도의 해태와 유사한 형상인 경우도 많다.

갔다.

쵸즈바[#19]의 물이 얼어 있어서, 유감이지만 손을 씻는 건 단념했다. 배전 앞까지 나아가서, 새전함에 미리 준비해둔 5엔을 넣고 종을 울렸다. 카랑카랑 소리가 어둠 속에 울려 퍼졌다. 가벼운 절을 두 번, 손뼉도 두 번. 엄밀함이 요구되는 경우를 제외하면, 표준 사양으로 어디서든 참배를 할 수 있다.

두 번째 손뼉을 쳤을 때 나는 자연스럽게 지난 1년을 되돌아봤다. 마음이 정리되어 가는 감각이 든다.

첫 참배라는 것이 애당초 시작된 것은 헤이안 시대부터 전해지는 「토시코모리[#20]」라는 풍습이지만, 현대 들어 해넘이 참배의 진정한 뜻은, 가는 해를 돌아보고, 새로운 마음가짐으로 신년을 맞이하는 게 아닐까? 그런 생각도 했다.

여러 가지 일이 많았던 해였다.

아버지가 재혼하고, 아야세 양과 아키코 씨를 가족으로 맞이한 것이 불과 반년 전인 6월.

갑자기 생긴 같은 나이의 의붓 여동생. 나하고는 다른 화려한 차림에 처음에는 놀랐다.

정기 시험에서는 현대문학이 서투른 그녀를 위해 힘을

#19 쵸즈바 참배할 때 속세의 때를 정화한다는 의미로 손을 씻는 물이 담겨 있는 작은 지붕이 딸린 우물 같은 곳. 「히샤쿠」라는 국자 같은 도구로 물을 떠서 손을 씻는다. 손을 씻는 물이라 마시면 안 된다..

#20 토시코모리 마을의 수장이나 가장이 섣달그믐 밤부터 아침까지 그 지역의 사찰 등에 들어가 날이 밝을 때까지 새해의 복을 기원하던 풍습. 원칙적으로 잠들면 안 되지만 깜빡 잠들면 주름이나 흰머리가 는다는 전승도 있다.

빌려주게 됐고, 여름 방학에는 인도어파인 내가 보기 드물게 같은 학교의 학생들과 풀장에 놀러 가게 되었다.

그 풀장에서 돌아오는 길에 아야세 양을 좋아한다고 자각해 버렸지.

그건 괴로운 자각이기도 했다. 우리들의 부모는 예전 결혼 상대와 불행한 이별을 했으니까, 재혼 뒤의 가정에 조금이라도 불행의 싹이 트지 않도록 노력하고 있다. 우리들은 사이좋은 남매가 되기를 기대 받고 있다. 지금도 그렇게 생각한다.

엇갈리고 있던 우리들이, 솔직해져서 마음을 털어놓은 것이 가을이 시작될 무렵이었다. 그리고 우리는 「특별히 거리가 가까운 의붓 남매」로 용납되는 범위에서 사귀기로 약속했다. 그렇지만, 핼러윈의 밤에 우리는 키스를 해버리게 되고—.

그런 1년의 일이 마치 주마등처럼 한순간에 뇌리를 흘러갔다. 마주 댄 손을 떼고, 감고 있던 눈을 떴다. 우리들 뒤에 행렬이 있으니까, 감개에 빠져 있을 틈이 없었다. 마지막으로 한 번 절을 하고 배전 앞에서 물러났다.

부모님이 기다리는 쪽으로 걸으면서 옆에 있는 아야세 양에게 물었다.

"뭘 빌었어?"

"1년을 돌이켜보는 걸로 벅차서, 소원 같은 거 빌 시간이

없었던 것 같아."

그렇게 말하고 쓴웃음을 지었다. 똑같네. 나도 웃었다.

온 길을 되돌아가 주차장으로 갔다.

서로 수고했다고 말할 때, 아야세 양이 나한테 말했다.

"아, 운세 뽑기 같은 건 안 해?"

"그러고 보니 뽑고 싶네. 매년 하니까."

아버지가 내 말을 들었다.

"그러면 운세 뽑고서 돌아가자."

자동차에 타고 츄샤[#21]로 갔다. 겨울에는 산 위쪽에 수여소가 없으니까, 츄샤까지 가야 했다.

일부러 들러서 운세를 뽑았는데, 아야세 양은 운세가 적힌 종이를 펼치고 굳어버렸다.

"대흉……."

"신년인데, 대흉도 넣어놨구나……."

"아사무라 군은?"

"소길."

빤히 시선을 올리고 노려본다. 아니, 이거 내 탓이 아니거든요? 분명히 운세 뽑기를 하고 싶다고 말한 건 나지만…….

"뭐, 나쁜 결과는 두고 가면 되지. 자, 운세 묶는 곳 저기 있다."

#21 츄샤 신사의 사당을 일컫는 말 중 하나. 여러 신사나 사당이 있을 경우 중간에 존재하는 사당을 일컫는다.

아버지가 가리킨 쪽을 보니, 밧줄을 걸쳐놓은 곳에 여러 개의 쪽지가 묶여 있었다.

아야세 양은 예쁘게 접은 운세 뽑기를 밧줄에 단단히 묶었다.

떠날 때는 웃고 있었지만, 조금 신경 쓰는 걸까 생각했다.

계속 울리고 있는 제야의 종을 등 뒤에 남기고, 우리는 신사를 떠났다.

이렇게 우리들의 새로운 해가 시작됐다.

●12월 31일 (목요일) 아야세 사키

"타타키다……."

무심코 흘린 말에 스스로도 퍼뜩 놀랐다.

아사무라 군의 시골(새아버지의 친가)은, 상당히 커다란 집이었다. 게다가, 고민가. 꽤 오래 돼서, 아마도 쇼와의 이른 무렵에 세웠을 거야.

기와지붕, 도마는 타타키.

아가리가마치[#22]를 넘자 복도는 흑단처럼 빛나서 구석구석 손질되어 있는 걸 알 수 있었다.

오래된 건물은 좋아한다.

특히 이런 식으로 잘 손질된 사랑 받은 걸 알 수 있는 건물이나 가구를 보는 건 거쳐 온 역사를 엿볼 수 있어서 참 좋아했다.

아마도를 토부쿠로에 숨긴 순환 복도가 겨울의 햇살에 비치는 뜰로 직접 이어져서, 쏟아져 내리는 대각선의 빛줄기가 보인다.

그것과 별개로 조금, 아니 상당히 긴장되기 시작했다.

사실대로 말하면 무서워졌다.

#22 아가리가마치타 아가리카마치라고도 한다. 일본 가옥의 도마에서 마루로 오르기 위한 계단 같은 구조물.

어째서 따라온다고 말을 해버린 걸까란 생각마저 하기 시작해서, 나는 내 대인단련도가 낮다는 것에 눈물이 나올 것 같았다. 나는 3분이면 누구와도 흉금을 털어놓는 마아야하고는 다르다.

타이치 새아버지의 어머니는 상냥해 보이는 사람이고, 엄마랑 내 인사를 생글생글 웃으면서 들어주었다. 그래도 긴장이 안 풀린다.

복도 왼쪽에 있는 닫힌 장지 너머. 어른들의 웃음소리가 들렸다.

"어머나. 떠들썩하네."

그렇게 말하며 의붓 할머니가 장지를 열었다.

커다란 일본식 방에 죽 둘러앉은 사람들. 그 압력에 나는 무심코 머뭇거리고 말았다.

"타이치가 왔어요."

"그래! 드디어 왔구나. 도쿄는 멀구먼."

커다란 소리로 말한 백발의 할아버지가 일어섰다. 아마, 그 사람이 타이치 새아버지의 아버지일 거야. 다시 말해서 나에게는 의붓 할아버지가 된다.

"아키코 씨도 오랜만이야. 건강했나?"

"네. 오랜만입니다. 아버님."

고개를 숙이는 엄마에게 방에 있는 사람들의 시선이 화살처럼 박히고, 그 다음에 나에게도 쏟아졌다.

그 시선이, 100%의 환영과는 다른 것 같아서 마음이 무겁다. 악감정을 가진 건 아니지만, 어쩐지 조심스러운, 어떻게 대해야 할지 망설이는 것 같았다.

"그래요. 인사는 나중에 천천히 합시다. 타이치네는 피곤할 테니까, 일단 방으로 안내를 할 게요."

의붓 할머니가 그 자리에서 우리들을 빼내주었다.

장지가 닫히고 시선이 가로막혀서, 드디어 숨이 편해졌다. 어느새 쥐고 있던 손을 천천히 폈다. 손에 땀이 나고 있었다. 위험해. 벌써부터 위가 묵직해서 토할 것 같아.

재혼의 아내와 딸린 아이는, 그런 분위기로 맞이하게 되어 버리는 걸까?

어쩌면, 나에게는 당연한 차림이 이 장소에서는 무장으로서 너무 강했던 걸지도 모른다. 후우, 숨을 한 번 내쉬었다. 머리를 검게 염색하고서 오는 게 좋았을까? 라고 생각해 버렸지만, 생각이 지나친 걸까?

고교생은 어중간하다.

어머니의 나이, 아니, 대학생이라도 좋아. 그 연령이라면 화장도 액세서리도 붙임 머리도 컬러링도 부자연스럽다고 생각하지 않게 되는데. 스이세이 고교에서도 이걸로 밀어붙이고 있으니까, 이것이 보통일 텐데— 라고 내심 중얼거려도, 리얼한 시선의 일제포화에 밀려 뭉개져 버릴 것 같아.

또 한 번 심호흡. 진정하자. 나는 여기에 싸우러 온 게 아냐.

우리들 넷이 묵을 방은 한 변이 3.5미터쯤 되는 일본식 방이었다.

방의 구석에 있는 이불을 보고 새삼스레 이틀간 여기서 지내야 한다는 걸 실감했다. 다시 말해서 아사무라 군과 같은 방에서. 아니 물론 엄마도 타이치 새아버지도 함께지만. 어라? 잠깐, 그러면 아침에 깨는 것도, 밤에 잠든 모습도 보여주게 되잖아.

……방이, 여기밖에 안 비어 있는 걸까?

"미안하구나. 올해는 아이들만 따로 묵을 방을 준비 못 했어, 사실은—."

안 비어 있었다.

동시에, 누군가 장지 너머에서 말을 걸었다.

들어온 것은 25~26세 정도의 남성이고, 그 옆에 비슷한 연령의 여성을 데리고 있었다.

보자마자 알았다. 아마도, 커플. 왜냐면 여자가 옆에 있는 남자만 보고 있으니까.

아사무라 군이 「코우스케 씨」라고 부른다.

여덟 살 연상의 사촌 형이라고 한다. 그러면 25세? 응, 상상했던 그대로다. 그리고 옆에 선 여성과 결혼했다고 타이치 새아버지에게 보고했다.

"오오, 그랬구나! 축하해, 코우스케 군!"

새아버지가 파안했다.

아사무라 군이 입을 쩍 벌렸다. 저건 뜻밖인 걸 봤을 때의 표정이야. 아무래도 아사무라 군은 사촌 형의 결혼은커녕, 사귀는 여성이 있다는 것도 몰랐던가 보네.

타이치 새아버지도 엄마를 소개했다.

그리고 나도.

"그래. 여동생이 생겼구나, 유우타."

"아, 네."

"뭐야~. 나는 유우타도 결혼한 줄 알았네."

놀리는 어조니까, 아마 내가 여동생이라는 걸 방에 들어왔을 때부터 알고 있지 않았을까?

"그럴 리 없잖아요. 나는 아직 고교생이라고요."

차분한 어조로 아사무라 군이 대답했지만, 나는 알 수 있다. 아사무라 군은 내심 한껏 당황하고 있어.

짐을 방의 구석에 두고서, 새아버지와 엄마는 의붓 할머니와 함께 친척들에게 인사를 하기 위해 거실로 돌아갔다.

남은 우리들은 새삼 아사무라 군의 사촌 형과 인사를 나눴다.

코우스케 씨와 나기사 씨. 같은 대학의 서클 동료였다고 한다. 만난 이야기를 듣고, 꽤 오래 사귀었다는 걸 알았다.

그리고 결혼식보다 먼저 호적에 올리게 된 이유도.

코우스케 씨의 해외 전근—.

그것에 나기사 씨가 따라가게 됐다고.

그래서 식은 아직 올리지 않았다고 한다. 왜냐면, 그걸 위한 준비가 너무 방대해서 도저히 봄까지 어렵다고 한다. 솔직히, 나는 결혼식을 얕보고 있었던 것 같다. 반년 이상 전부터 찾아야 희망하는 식장을 잡을 수 있다니.

결혼하는 건 참 힘든 일이구나. 내가 감당할 수 있을까?

……애당초 나는 내가 결혼식을 올리고 싶은지 아닌지도 생각해본 적이 없었지만.

눈앞의, 아주 조금 인생을 먼저 걷고 있는 남녀.

지금 나에게는 내 미래의 모습을 투영하기에는 충분할 정도로 가까운 거리에 있다.

물어보고 싶은 게 잔뜩 있었지만, 대화하고 있을 때 이번에는 아사무라 군의 사촌 동생들이 찾아왔다.

그 초등학생 둘은 오빠랑 여동생이었다. 머리칼 색이 밝고, 생김새가 단정하다. 미소를 지으면 그 자리가 밝아지는 귀여운 두 사람. 그들은 아사무라 군을 잘 따르는지, 몸통 박치기를 하면서 놀자 놀자란 말을 반복했다. 아사무라 군이 못 당한다는 표정으로 받아들였다.

게임을 하게 되어, 우리는 TV가 있는 방으로 이동했다.

코우스케 씨와 나기사 씨는 어른들의 방으로 돌아가고, 우리는 게임 하는 방에 틀어박혔다.

거기서 나는 새삼 아사무라 군을 존경하게 됐다.

어린 아이들을 잘 다루는 그를 보고, 굉장하다, 마치 젊은 아빠 같아, 라고 생각했다.

장래에 만약 아이가 생긴다면, 아사무라 군은 이런 아빠가 되는 걸까라고 생각하고, 아무리 그래도 너무 비약했다며 창피해졌다.

첫째로, 혼자서는 아빠가 못 된다. 아이도 안 생긴다. 그걸 위해선 상대가 필요해서— 그러니까 망상을 비약시키면 안 된다니까.

사촌 동생 둘은 게임을 참 잘했다.

나는 마아야가 권할 때 정도가 아니면 안 하니까 당연하지만, 아무래도 게임을 하는 감이 나쁜 것 같아.

자그마한 쉐프를 조종해서 고기를 굽고, 야채를 자르고, 냄비를 휘두르고, 그릇을 씻는다. 현실에서는 몇 번이고 반복한 행위인데, 이 자그마한 컨트롤러로는 요령을 파악 못해서 도무지 잘 되지 않는다.

고기를 굽고, 너무 구워서, 덤으로 조리장도 구워 버렸다.

"아아아아……."

"요리 못해?"

말의 화살이 푹 박혔다. 우우.

눈물이 날 것 같아.

초등학생이 하는 말에 일일이 찔리면 몸이 남아나질 않

을텐데. 사키, 아사무라 군을 보렴? 그는 버드나무처럼 잘 흘리고 있잖아.

“아니아니, 미카. 아야세 양은 요리 잘해. 이건 그게, 게임이니까 그렇지. 괜찮아. 아야세 양. 다음에 힘내자.”

“그렇게까지 커버해주면, 오히려 상처 받아.”

이것도 내가 아사무라 군처럼 어린아이들을 다루지 못하기 때문이라고 생각하자 더욱 분하다. 하지만, 어떻게 대처하면 되는지 정말로 알 수가 없어.

어른을 상대하는 게 그나마 낫다. 아이들은 거북하다. 지금이라면 쿠도 준교수랑 토론하는 것마저 마음 편하다고 말할 수 있어.

내가 이 두 사람과 비슷한 나이였을 무렵을 떠올렸다. 그 무렵의 나는, 엄마를 제외한 주변의 모든 어른을 적이라고 생각했다.

그 때의 내가 지금의 나를 보면 어떻게 느낄지 생각하자 무서워졌다.

나는 어른의 싫은 면을 본 적이 있는 인간이기에, 둘이 보기에 아마도 어른으로 보이는 스스로에게 자신이 없다. 절대로 싫은 녀석이라고 생각할 거라는 근거 없는 생각이 머리를 스쳐 버린다.

밥이 다 됐다고 해서 게임을 끝냈을 때는 정신적으로 파김치가 되어 있었다.

그렇지만 이제부터가 본론이다.

커다란 방에서 회식을 할 때, 엄마랑 함께 새삼 아사무라 군의 친척들에게 인사를 해야 할 거야.

공부나 패션과 같이 친숙한 부분에서는 강하게 있을지도 모르지만, 결혼이라는 것은 그런 교제나 아이들과의 관계 구축도 필요한 일이라고 생각했다. 나는 잘 해낼 자신이 없다.

친척 일동이 모이는 커다란 방에서 새삼 자기소개를 했다.

그리고 죽 늘어선 친척들을, 한 명 한 명 소개 받았다. 하지만 죄송합니다. 전혀 기억할 수가 없어요.

배가 불러서 졸리기 시작했을 무렵.

"그러면, 이제 그만 갈까?"

의붓 할아버지가 말씀하시자, 다들 일제히 일어섰다.

신사에 해넘이 참배를 하러 간다고 했다.

아사무라 군은 졸리면 집에서 자고 있어도 된다고 했지만, 이렇게 넓은 집에 혼자 남는 건 절대로 싫었다.

"……갈래."

그가 있어줘서 다행이야. 엄마는 타이치 새아버지의 부모님이나 친족들이랑 관계 구축을 열심히 하느라 나를 챙겨줄 여유가 없다. 나로서도 엄마의 발목을 잡기는 싫었다.

그래서 아사무라 군이 없었다면, 여기서 멍하니 있었을 게 틀림없다.

있어줘서 다행이야.

해님이 참배로 방문한 신사는 산 위에 있었다.

게다가 도착한 주차장에서 배진까지 더욱이 2길로미터나 걷는다고 했다.

밤의 산길을 2킬로미터? 대체 몇 분이나 걸리는 걸까? 불안해졌지만, 아사무라 군 말처럼 차 안에서 기다리고 싶지 않았다.

그리고—.

"뭐, 체험해보고 힘들면 말해줘. 다음에는 기다리면 되니까."

아무렇지도 않게 그가 한 말이 기뻤다. 다음이 있다고 생각해준 것.

나를 생각해줘서 한 말이라는 건 알지만, 아사무라 군은 금방 나를 두고 가려 한다.

분명히 밤의 산길을 2킬로미터나 걷는 건 힘들겠지만…….

그래도 걷기 시작하자 나름대로 즐거웠다. 애당초 오래된 건물을 보는 건 좋아했고. 역사 애호가라고 할 정도의 열량은 없지만, 건물을 바라보면서 이것저것 생각에 잠기는 걸 좋아했다.

심야의 눈 풍경이나 신사의 이것저것에 가슴이 두근거리게 된다. 아사무라 군하고 그에 대해 대화를 할 수 있어서 가라앉았던 기분이 조금 회복된 걸까?

"오래된 건물이 어떻게 그런 지금의 모습이 됐는지 흥미가 있는 거구나."

아사무라 군의 말을 듣고, 나는 퍼뜩 깨달았다.

그런 식으로 자기 심리를 객관적으로 분석한 적이 없었다.

사람은 자기 모습을 스스로 지켜볼 수가 없다. 나는 자신이 어떤 인간인지 사실은 잘 모르는 걸지도 몰라.

나는 갑옷을 두른 무장한 자신의 모습을 제대로 못 보는 걸지도.

그렇다면, 어떻게 적절한 방어력을 갖추면 되는 걸까?

무장이 고슴도치가 되지 않았다고 어떻게 알 수 있을까? 상처를 받고 싶지 않은 거지, 상처를 주고 싶은 게 아닌데.

편도로 걸어 40분쯤 걸렸을까? 걸어오는 도중에 자정을 넘겨서, 새로운 해가 되었다.

배전에 도달해서, 새전을 넣고 손을 마주쳤다.

눈을 감자, 눈꺼풀 뒤에 1년간이 되살아났다.

특히 선명한 것은 지난 반년의 기억.

엄마랑 같이 아사무라 군의 집으로 이사한 것이 6월이다.

아사무라 군이랑 만난 것은 내 삶의 방식에 커다란 영향을 끼쳤다. 그때까지는 친아비지와의 과거 때문에 남성에 대해 적지 않은 나쁜 인상을 가지고 있었다. 그렇기에, 나는 자기 인생에 남성의 손길이 들어오는 것을 좋아하지 않았다.

혼자서 살아갈 수 있도록 학업도 노력하고 싶었고, 그렇다고 해서 공부밖에 못한다는 말을 듣고 싶지도 않았다.

지금 생각하면, 무심코 실수했다고 넘어가지 못할 정도로 창피한 거래를 아사무라 군에게 제안한 것도, 빚을 만들고 싶지 않다는 것뿐이 아니라, 남성이라는 존재를 의지할 수 없는 상대라고 확인하고 싶었기 때문일지도 몰라.

그렇다고 내 몸을 걸어서는, 팁으로서 너무 높은데 말이야.

아사무라 군은 그런 나에게 차분하게 설교를 했다. 그때부터, 내가 걸어가는 곳에 그의 그림자가 드리우게 되었다고 생각한다.

나는 아사무라 군이 일하는 곳을 알바할 가게로 고르고, 자신의 연심을 자각하고, 그것에 뚜껑을 덮기 위해 그를 오빠라고 불렀다.

이렇게 돌이켜보니 알 수 있다.

자신의 미래를 자신이 선택하는 것처럼 보이지만, 그의 존재에 휘둘리고 있다.

오픈 캠퍼스를 통해서 알게 된 쿠도 준교수에게, 시야가 좁은 것은 이성과 지성의 적이란 말을 들었다. 더욱 여러 남성을 잘 봐야 한다고.

하지만, 아사무라 군이 기어이 고백을 해버렸다.

그래서, 특별하게 거리가 가까운 의붓 남매. 그런 말에 머무를 수 있는 범위에서 사귀자. 그렇게 간격 조정을 하고, 그 이상으로 파고들고 싶은 자신의 마음을 억눌렀다.

참배를 마친 나에게 아사무라 군이 물었다.

"뭘 빌었어?"

"1년을 돌이켜보는 걸로 벅차서, 소원 같은 거 빌 시간이 없었던 것 같아."

똑같네. 그가 웃었다. 그렇게 말한 그의 눈동자에는, 뭔가를 정리한 것 같은, 어쩐지 후련한 빛이 깃들어 있었다.

이런 눈동자를 보여주니까 생각하게 되는 거야. 좋아해, 라고.

아사무라 군은 참배하기 전에 말했다. 「다음」이라고.

그걸 믿고 새삼 기도했다.

내년에도 아사무라 군이랑 같이 올 수 있기를.

●1월 1일 (금요일) 아사무라 유우타

새로운 마음으로—.

그렇게 기도한 것치고 설날 아침의 각성은 결코 온화하지도 상쾌하지도 않았다.

해넘이 참배로 식은 몸을 목욕으로 데우고 이불에 들어가자, 언제 눈을 감았는지 기억도 못할 만큼 순식간에 잠의 계곡으로 빠져서 깊이 잠들었지만, 일어났을 때 우선 근육통부터 느꼈다. 특히 종아리가 힘들다.

밤의 산길을, 미끄러지는 발치를 신경 쓰면서 2킬로미터나 왕복하면 누구나 이렇게 된다. 다들 이렇게 된다. 나도 이렇게 됐다. 이 다리의 아픔도 당연하다고 할 수 있다.

"유우 형, 밥 먹으래~!"

장지가 소리를 내며 열렸다. 타쿠미다. 아침부터 참 활기차구나. 역시 초등학생.

타쿠미가 돌진해오더니 힘껏 내 이불을 치워버렸다.

"바압~!"

"우왓! 추워!"

"안 먹으면 없어져!"

"알았어. 알았다. 지금 간다고 말해줘."

"네~에!"

그리고 장지도 안 닫고 달려서 돌아갔다.

천진한 녀석 같으니, 라고 생각했다. 내 이불이니까 괜찮았지, 아야세 양 이불이었다면 보통 일이 아니었어.

나는 퍼뜩 깨닫고 돌아보았다. 그러고 보니 아야세 양은?

그리고 방 안에 남은 게 나 혼자라는 걸 깨닫게 됐다. 나머지 이불은 깔끔하게 개서 방의 구석에 정리되어 있었다.

아야세 양, 그렇게 지쳤었는데. 역시 반년의 시간에도 잠에서 깬 얼굴을 한 번밖에 안 보여줄 정도로 틈이 없어.

옷을 갈아입고 큰 방으로 갔다.

"안녕하세요?"

말하면서 방을 둘러보았다. 어젯밤에 연회를 벌인 방이다. 로우 테이블 셋을 놓고, 아침 식사가 놓여 있었다.

상석 쪽에 할아버지가 앉아 있고, 말석, 다시 말해 입구 부근에 타쿠미랑 미카가 앉아 있다. 아버지는 그 중간이다. 비어 있는 자리는…… 아버지 옆 자리랑 맞은편인데, 아버지 옆은 아키코 씨가 앉을 테니까, 나는 맞은 편 자리에 앉— 어라.

어째서 방 안에 아키코 씨가 없는지 생각하고, 나는 앉다가 말고 일어섰다. 거의 동시에 장지가 열리고 할머니가 들어왔다. 그 뒤에 여성진이 죽 늘어서서 아침 식사의 메인— 떡국을 그릇에 담아 가져왔다. 떡국을 마지막으로 한 것은, 끓이면 형태가 무너져 버리기 때문이겠지.

"앉아 있어라. 커다란 녀석이 어슬렁거리면 방해된단다."

할머니는 그렇게 말했지만—.

아야세 양이 내 앞에 국그릇을 놓았다.

"앉아 있어도 돼, 『오빠』. 자, 떡국."

"아, 네."

시선 앞에 입을 다물고 얌전히 방석에 앉았다.

아무리 그래도 너무 늦잠을 잤군…… 반성.

"부족하면 더 구울 거고, 구운 채 먹고 싶으면 가져오마."

할머니의 말에 다들 대답을 하면서 아침 식사를 했다.

떡국의 떡 형태는 전국 방방곡곡에서 제각각 다르다고 하지만, 아버지의 친가에서는 얇은 직방체의 심플한 것이었다. 그릇에 입을 대고, 떡과 표고버섯을 입가에서 젓가락으로 막으면서 그릇을 기울였다. 코끝을 나물의 향이 자극했다. 따뜻한 액체가 몸 안 쪽에서 온기를 주는 느낌이 들어서, 해넘이 참배의 강행군으로 쌓인 피로가 누그러지는 것 같았다.

식사하는 동안, 계속 신경 쓰인 것이 있었다.

옆에서 먹고 있는 아야세 양의 젓가락이 어쩐지 둔한 것처럼 보였다.

먹기 시작했을 때는 딱히 평소랑 다를 바가 없는 것 같았는데, 가만 보니 시선이 계속 내려가 있고 때때로 한숨 같은 숨을 내쉰다.

식사를 마치고 뒷정리를 한 다음, 나는 툇마루에 앉아 있던 그녀에게 말을 걸었다.

"옆에 앉아도 돼?"

"괜찮아."

나는 아야세 양 옆에 앉았다. 마찬가지로 다리를 뜰을 향해 내밀고 훌훌 흔들었다.

조심조심, 나는 이야기를 시작했다.

아침 식사 때 기운이 없어 보였다고.

내 착각일 가능성도 있었다. 그래도 아야세 양의 모습이 신경 쓰이고, 신경을 써야 한다고 생각했다. 왜냐면, 여기는 아키코 씨한테만 그런 게 아니라 아야세 양에게도 어웨이일 테니까.

아야세 양은 「그렇진 않아」라고 했다. 예상대로. 나는 가만히 그녀를 바라보았다.

체념한 것처럼 그녀는 시선을 깔았다.

"신년 시작부터 재수가 없다고 생각했거든. 조금만."

"어. 설마 운세 뽑기 말이야?"

고개를 끄덕였다. 나는 놀랐다. 스피리추얼한 것에 좌우되지 않는 타입이라고 생각한 나에게는 뜻밖의 대답이었다.

"믿는 건 아냐. 종잇조각 한 장에 인생을 좌우할 힘이 있다는 건 인정 안 해."

"그렇게, 강하게 말해야 할 정도로는 신경 쓰고 있구나."

앗, 하고 아야세 양이 소리를 냈다.

"그렇구나. 그렇네……."

"뭐, 마음이 그쪽으로 이끌려 갈 수도 있지. 점집이 쇠퇴하지 않는 이유이기도 하고."

"그것뿐이 아닐, 지도 몰라. 아사무라 구…… 오빠는—."

"왜?"

"점의 결과가 절대 실현되지 않는 거라면, 이라고 생각한 적 있어?"

"절대 실현되지 않는 것?"

"내일 깨어났더니 여성이 되었습니다, 그런 거."

"재미있다고 생각하지만, 현실적인 위기감을 가지라고 하면…… 무리일까."

"그렇지? 반대로, 신경 쓰인다는 건 실현 가능성이 있다고 느낀 거야. 아마, 그게 싫은 거지."

우리들— 아야세 양과 내 관계를 생각하면 「대흉」이라고 해도 이상하지 않은 미래는 있을 수도 있는 법이니까, 라고 한다.

아야세 양의 말을 웃어넘기는 건 간단하다.

고작해야 운세 뽑기라거나, 신사에 묶고 왔으니까 무효인 걸로 하자, 라거나.

하지만, 그런 걸로 마음이 밝아질 수 있을까?

운세 뽑기의 길흉은 사실 별 문제가 아니다. 점의 결과가 나타내는 것은, 다시 말해서 자신의 마음이다. 애매한 신탁을 정답으로 해석해버리는 것은 — 마른 꽃가지를 유령으로 보게 되는 것은 — 자신의 마음인 것이다.

어떻게 하는 게 좋을지 생각해보고.

"잠깐 산책 안 갈래?"

고개를 든 아야세 양에게 내가 말했다.

"추천 스팟이 있어."

"아사무라 군의 추천…… 보고, 싶을 것 같아."

두툼한 겉옷을 걸치고 우리는 집을 나섰다.

그렇게 많이 걸은 건 아니다.

눈이 쌓여 있다지만, 잘 밟아서 굳어 있고 길도 평탄했다.

그래도 무리를 시키고 싶지는 않아서, 힘들면 말하라고 수시로 확인했다.

아야세 양의 안색을 살피면서, 무리하지 않는 건지 확인했다.

좌우가 숲으로 둘러싸인 완만한 언덕을 올라간다. 차도니까 폭도 제법 넓어 걷기는 쉽다. 왼쪽이 벼랑이 된 장소에서 크게 오른쪽으로 돌았다.

그 앞에서 숲이 끊어지고, 눈앞이 트였다.

"와아…… 호수."

아야세 양이 작게 숨을 삼켰다.

숲 너머에 호수가 보인다.

"조금 더 가까이 갈 수 있어. 이쪽으로."

눈을 쓸어둔 돌계단을 몇 단 내려갔다. 그 앞에 오두막이 있다. 용도는 모르지만, 낡은 오두막은 내가 어린 시절부터 그곳에 존재했다.

계단을 내려간 곳이 숲의 경계가 되어 있었다. 거기서부터는 아무도 밟지 않은 하얀 눈의 들판이 10분 정도 이어지고, 그 앞이 맑은 물이 있는 호수였다.

"더 이상은 미끄러지면 위험하니까."

"응. ……굉장해. 거울처럼 건너편 풍경이 비치고 있어."

머리 위에 펼쳐진 설날의 하늘은, 저 멀리 보이는 숲 위에 달라붙은 것처럼 존재하는 하얀 구름의 테두리를 제외하면 눈이 아플 정도로 파란색이다. 바람은 없고, 호면에 잔물결이 일지 않기 때문인지, 파란 하늘에서 하얀 구름의 테두리, 그 아래 펼쳐진 검은 숲까지도, 잘 닦인 거울처럼 호수에 거꾸로 비치고 있었다.

"좋지?"

"그렇네……."

"대개는 겨울. 여름에 온 적이 있는 건 두 번. 가을의 단풍이 들었을 때는 딱 한 번. 하지만, 이 경치는 질리질 않아. 계절마다 호수에 비치는 경치가 조금씩 다르거든."

"단풍이라든가?"

"가을은 그래. 여름의 뭉게구름도, 가을의 넓은 구름도. 밤에는 달이나 별이 비쳐. 바람 부는 날에는, 잔물결이 퍼지고, 비치는 경치를 젖빛유리 너머처럼 보여줘."

"그렇……구나. 멋져. 좋은 장소를 알고 있네. 여기, 유명해?"

"아, 아니. 딱히 관광 명소 같은 건 아니고……."

"그럼, 직접 발견한 거구나."

"어쩌다 보니까. 내가 어렸을 때는, 이쪽에 거의 아무것도 없었거든. 어린애는 금방 지루해하잖아. 코우스케 씨가 놀아주면 괜찮지만, 언제나 상대해주는 게 아니니까―."

그렇다. 완전히 우연이었다.

어른들이 모여 있을 때, 친어머니와 어른들의 모습을 보는 게 싫어서 혼자 어슬렁거리며 나와 찾아오던 장소였다. 그 사람은 미소를 가면처럼 쓰고 조부모나 친척들을 대하고 있었지만, 나는 어머니의 태도가 가짜라는 걸 어쩔 수 없이 알게 되었다. 그야 집에서 보는 어머니의 모습과 너무 다르니까. 목소리의 높이도, 표정도.

"뭐, 덕분에 괜찮은 심심풀이 장소를 발견했으니까. 나쁘기만 한 것도 아니지. 전화위복이라고 해야 할지."

"아사무라 군……."

"『대흉』 말인데―."

이런 말이 위로가 될지는 모르겠지만, 말하지 않을 수

없었다.

"아야세 양은, 지금, 즐거워?"

"지금은…… 그러니까, 오늘이나 어제가 아니고?"

"그렇게까지는 아니고. 뭐, 그냥 최근 말이야."

아야세 양은 자기 마음속을 들여다볼 정도의 시간을 두고서 말했다.

"응. 즐거울…… 거야."

"나도 그래."

아야세 양은 무언가 퍼뜩 깨달은 표정이다.

"현재 상태를 가리키는 점이 『대흉』이라는 건 말이야. 이 즐거운 지금의 상황이 최악이란 거잖아."

"어, 어? ……그런, 걸까?"

"그렇게 될 거라고 생각하거든. 이론상. 그러니까, 지금이 즐거운 시간이 최악이란 것은, 걱정이 필요 없다는 거잖아. 왜냐면, 이것보다 나빠지지 않을 거고, 앞으로는 지금보다 훨씬 행복해진다는 거니까."

"아, 그러니까……."

아야세 양은, 내가 한 말이 곧장 머리에 들어오지 않았는지(무리도 아니다. 이게 궤변이라는 건 나도 확신할 수 있다) 잠시 멍했지만, 천천히 눈동자의 초점이 맞더니—.

웃기 시작했다.

"풋. ……후훗. 그, 그건 아무래도 무리가 있지 않아?"

"그런가? 실로 합리적인 해석이라고 생각하는데."

"아, 하하. 합리적이라는 걸 이럴 때 써도 되는 걸까?"

"하지만, 이런 식으로 생각하면 불안해지는 게 바보 같아지잖아? 다시 말해서, 생각에 따라 점의 결과 따위 얼마든지 긍정적인 해석이 가능한 거야."

"그런, 걸까. 하하."

말하면서 아야세 양은 검지로 눈가를 닦았다. 아니, 눈물이 나올 정도로 우습다고는 사실 생각 안 했는데.

"응. 고마워. 걱정해줬구나."

"그야 뭐…… 좋아하는 사람이니까."

좋아하는, 사람.

"아사무라 군……."

"나로서는, 여기에 온 아야세 양이 너무 무리하는 모습을 보고 싶지가 않아."

……그 사람처럼은.

"응. 나도, 여기에 와서 다행이라고 생각했어. 아사무라 군이, 연하의— 타쿠미나 미카를 대하는 것도 봤고."

"그래?"

"응. 좋은 오빠구나 싶었지. 반대로 나는 완전 꽝이고. 아사무라 군처럼 대할 수가 없어서. 나는 나를 부모에게 어떤 식으로 대해줬는지, 그래서 기뻤는지, 잘 떠올릴 수가 없으니까."

이번에는 내가 퍼뜩 깨달을 차례였다.

그렇구나. 아야세 양은 친척끼리 거의 안 만난다고 했었지.

내가 그때 떠올린 것은, 아야세 양과 함께 그녀의 친구 나라사카 양의 집에 갔을 때 일이었다.

『행복한 가정이네. 다들 사이가 좋아.』

그때 아야세 양이 한 말. 『다들』이라는 단어의 무게는, 내가 느끼는 것 이상으로 커다란 것이었구나.

나한테는 코우스케 씨나 타쿠미나 미카가 있었다. 돌이켜보면, 친구는 적어도 나는 사이좋은 친척이 많았다.

그렇지만, 아야세 양에게는 아키코 씨 말고는 아무도 없었다.

"나, 그 애들을, 어떻게 대해야 할지를 모르겠어서. 왜냐면 그런 경험이 없었으니까. 그래서 조금 무서워."

그러면 말이야, 말을 걸었다.

"서두르지 않아도 되니까, 천천히 이런 것도 괜찮아지게 되자."

"천천히……."

"조바심내지 않아도, 괜찮지 않을까? 지금이 완벽하지 않아도 돼. 지금 이대로 우리들이 좋은 어른이 될 수 있을지 불안하지만. 그렇기 때문에, 같이 성장하자."

"같이……."

"그래."

내가 수긍하자, 아야세 양도 가슴 앞에 손을 마주 대고 작게 고개를 끄덕였다. 그녀는 손목에서 빛나는 낯선 팔찌를 살며시 만졌다.

"예쁜 팔찌네."

"응. ……예쁘지?"

아야세 양은 그렇게 말하며, 정성스레 만졌다.

살짝 들린 중얼거림은.

잘 기억이 안 난다고 말하면 안 되겠지…….

그리고 잠시 동안, 나랑 아야세 양은 아무 말 없이 묵묵히 거울 같은 호수를 바라보았다.

바람이 불기 시작하자 몸이 떨려서, 우리는 호수를 등졌다.

등 뒤에서는 거울처럼 선명하게 비치던 풍경이 젖빛 유리 너머에 갇혀 버렸지만, 우리는 그 모습을 보지 않고 집으로 돌아왔다.

그날 밤. 저녁 식사 뒤였다.

어제랑 다른 게임(레이스에서 필요한 기량에 다른 차를 방해하는 것이 포함된다는 참으로 익사이팅한 레이싱 게임이었다)으로 나랑 아야세 양은 타쿠미와 미카의 상대를 하고 있었다.

어제보다도 이 게임은 아야세 양에게 잘 맞았는지, 몇 번인가 나를 이겼다. 다만 타쿠미는 상당히 익숙한 모양이라 아무도 못 이겼다. 미카가 울먹여도 봐주지 않고, 그럴 때는 어쩔 수 없이 타쿠미를 빼고서, 나랑 아야세 양이 상대했다. 나랑 아야세 양이 상대라면 미카도 승리할 기회가 있었다.

불붙던 경쟁이 2시간 정도 이어졌지만, 초등학생 둘은 게임 하는 도중에 푹 엎어져서 잠들어 버렸다.

초등학생은 무한해 보이는 체력을 가지고 있으며, 비축해둔 것까지 다 써서 논다. 에너지가 다 떨어지면, 그 자리에서 폭 엎어져서 잠들어 버린다. 그런 생물이다.

“어머나. 이불에서 안 자면 난처한데.”

카나에 숙모가 한숨을 쉬었다.

“뭐, 나랑 유우타가 옮길게요.”

타쿠미를 코우스케 씨가, 미카를 내가 업고 옮겼다. 자기도 돕겠다며 아야세 양도 말했지만, 힘쓰는 일 정도는 맡겨 달라고 내가 말하자, 그녀는 마지못해 물러났다.

먼저 방에 돌아간다고 말하며 아사무라 가문(지금 이 집에 있는 건 다들 아사무라 가문이지만. 다시 말해서 아사무라 타이치의 일가) 네 명이 묵고 있는 방으로 걸어가는 아야세 양의 등을 배웅하고, 코우스케 씨가 웃었다.

“착한 애구나, 저 아이는.”

“네. 자랑스러운 가족이에요.”

자연스럽게, 그런 말이 나왔다.

애들을 재우는 건 숙모에게 맡기고, 그대로 코우스케 씨는 어른들이 있는 큰 방으로 갔다. 나는 살짝 출출함을 달래고자 부엌으로 갔다.

큰 방에 가도 먹을 건 있지만, 붙잡히면 이야기가 길어진다.

부엌으로 가는 도중에 조부모님과 아버지의 목소리가 들려 발길을 멈추었다.

조부모님의 침실에서다.

"그녀하고는 어떠냐?"

할아버지의, 걱정스런 울림의 목소리에 이어서, 친어머니의 이름이 나왔다. 어, 하고 놀라 나는 숨을 삼켜버렸다.

아키코 씨랑 잘 되고 있는데—.

어째서 이제 와서 그 사람 이야기를?

친어머니는 겉치레를 잘 꾸미는 사람이었다. 표면상으로는 조부모님하고도 충돌하는 일 없이 웃으며 대했다. 그래서 이혼이 정해졌을 때 조부모님은 놀랐다.

아버지는 주위에 많은 말없이 자신도 잘못했다면서 감쌌지만, 나는 도통 친어머니에게 호의적이지 못하다. 누가 뭐래도 그쪽은 이혼 반년 뒤에 바람피운 상대랑 재혼을 해버렸으니까. 그 이후로 소식도 없다.

할아버지는 재혼을 인정하긴 했지만 아직 완전히 안심한 게 아니다, 라고 했다. 아키코 씨 자신의 외모가 친어머니보다 화사한 것이, 마음 편치 못한 이유이기도 한 모양이었다.

논리적으로는 이해할 수 있다. 나 자신도 아키코 씨가 아버지의 재혼 상대라고 소개를 받았을 때, 혹시 속은 게 아닌가 걱정했을 정도니까.

표면적으로는 성실해 보이고 충돌도 없었던 친어머니와 조짐도 없이 파탄이 났으니. 그보다도 겉보기에 화려하고, 이상한 의미는 아니라지만 어떤 종류의 밤일을 하고 있는 아키코 씨가, 도회지의 화사함과는 인연이 없는 할아버지에게는 아무래도 『전처 이상으로 아들인 타이치와 안 맞는 것처럼 보인다』라는 것이다.

할머니는 괜찮을 거라며 달랬지만, 할아버지는 어떠냐고 힐문하는 어조로 아버지에게 물었다. 그리고 아키코 씨랑 마찬가지로 딸인 사키도 외모가 화려하고, 태도가 냉랭해 보인다고 말했다. 그래서 걱정이 된다고.

아버지는, 그 말에는 아무래도 가만있을 수 없었던 모양이다.

"괜찮아요. 아키코 씨도 사키도 아버지가 걱정하는 사람이 아닙니다."

딱 잘라 말했다.

의연한 태도였지만, 할아버지도 안 물러난다.

"말은 그리 한다만. 너는 괜찮아도 유우타는 어떠냐? 고교생인 아들한테, 갑자기 새엄마랑 여동생이 생겨서, 휘둘리고 있지는 않냐?"

"그렇지는—."

"타이치, 너는 그렇게 단언할 수 있냐?"

"……."

아버지가 말을 잃은 것은 아들의 마음을 멋대로 대변할 만큼 불성실하지 않기 때문이겠지. 그런 성실함이 친어머니랑 안 맞았을 거라 생각하고, 그런 연유로 아키코 씨랑 결혼할 수 있지 않았을까? 지금 나는 그런 식으로 생각했다.

방금 전 아버지의 의연한 태도가 뇌리를 스쳤다.

나는 장지 너머로 말을 걸었다.

방 안에서 말다툼이 멎었다.

나임을 밝히며 장지를 열고, 나는 할아버지 앞으로 나섰다.

"저는 아버지가 아키코 씨랑 결혼한 것에 불만은 없어요."

할아버지가 눈을 크게 떴다.

"유우타……."

"그건, **사키**에 대해서도 마찬가지고요."

지금은 아야세 양이라고 부를 수 없었다.

확실하게, 그녀라는 개인을 특정할 수 있도록 말할 필요가 있다— 그리고 무엇보다도, 가족으로서 받아들였다고 강하게 주장하고 싶었다.

"그녀는, 할아버지가 생각하는 사람이 아니에요. 조금 사람 사귀는 걸 어려워하는 구석이 있지만. 그건…… 저도 마찬가지고. 상냥하고, 성실하고— 노력가입니다, 사키는."

"유우타……."

아버지가, 살짝 눈물을 글썽이며 이쪽을 보았다.

할머니가 끼어들었다.

"겐타로 씨. 타쿠미가 한 말인데요. 사키한테 무슨 게임을 가르쳐 줬다고 하더군요. 못 봐줄 정도로 못하긴 했지만, 열심히 노력해서 가르치는 보람이 있다고 했어요."

진지한 표정을 무너뜨리지 않고 내심 쓴웃음을 짓는 건 꽤 어려웠다.

"열심히 상대해준다는 거지요."

"그, 그렇군."

"그리고, 겐타로 씨도 사키 앞에서 무뚝뚝한 표정이었어요."

"아니, 그래도 그렇지. 그렇게 머리를 반짝반짝하게 물들이고 있어서야—."

"그 정도는, 요즘 세상에 보통이에요, 보통. 카나에도 옛날에 새빨갛게 한 적이 있었잖아요."

타이르는 기색으로 말하자, 할아버지는 입을 꾸욱 일자로 다물었다. 입으로는 이길 수 없다고 판단했는지, 일단은 납득을 한 건지.

할머니가 눈웃음을 지으며 나를 보았다.

어쩐지, 낯간지러워.

"응. 그렇구나……. 응. 뭐, 알았다. 네가 그렇게 말한다면, 그런 거겠지, 유우타. 그렇지만, 그리 얌전했던 유우타가……."

"그러면, 이제 괜찮은 거죠, 겐타로 씨?"

"아아. 알았다. 일단은 더 이상 말을 않겠어. ……유우타, 벌써 생일이 지났구나. 몇 살이 됐지?"

"열일곱이요."

"그래. 벌써 내년에 성인이구나……. 색시를 맞을 수 있는 나이니까. 그래. 의젓해지는 법이구만."

"색시라는 건…… 아직 일러요."

"그러나, 코우스케의 결혼도 갑자기 정해졌다."

아무 말도 못하게 된 나를 가엽게 여겼는지, 할머니가 가볍게 화제를 흘려주었다.

"그래요. 그랬었죠. 이제 그만 해요, 겐타로 씨."

"그래, 타이치. 마시자. 계속 하자."

"아아……. 나는 그렇게까지 많이 못 마시는데. 내일, 운전도 해야 되고."

중얼거리면서 뭔가 말하고 있었다. 두 사람이 큰 방으로 돌아가는 것과 동시에 나는 방으로 돌아갔다.

침상에 들어가, 지금 일어난 일을 돌이켜봤다.

만약— 만약, 아야세 양에 대한 일이 들켜버렸다고 해도.

그리고 그것을 친척들이 완전히 환영하지 않는다고 해도, 아버지처럼 의연한 태도를 관철하면 되는 거야.

힘내자. 힘낼게— 사키.

●1월 1일 (금요일) 아야세 사키

서둘러서 불을 끄고, 이불에 들어가서 자는 척했다.

고동이 잦아들지도 않았는데 장지가 열리는 소리가 나고, 아사무라 군이 이불에 들어가는 기척이 느껴졌다. 부모님의 이불을 끼고 반대쪽 끝에 우리들의 이불이 있다.

서로 같은 방이란 것을 과하게 의식하지 않아도 되고, 얼굴을 그쪽으로 향하지만 않으면 무방비한 자는 얼굴을 드러내지 않을 수 있다. 그런 거리.

들키지는, 않았겠지.

두근두근두근. 심장 소리가 시끄러울 정도로 귓가에 울려서 잦아들 낌새가 없었다.

볼이 뜨겁다. 창 너머는 빙점보다도 낮은데, 이불을 두른 내 몸은 뜨거워서 견디기 어려웠다.

거친 숨소리가 들려버리지 않을까 걱정되어, 나는 이불을 머리 위까지 끌어올렸다.

『상냥하고, 성실하고— 노력가입니다, 사키는.』

말했다.

틀림없이 그렇게 말했다. 게다가, 사키, 라고 했어. 사키.

아야세 양, 이 아니고.

화장실에 가려다가 이불에 아사무라 군이 없는 걸 깨달았다. 그러나, 잠에 취한 머리로는 그 이상 생각하지 못하고 「아아, 없네」라고 생각하기만 하고 방을 나섰다.

긴 복도를 약간 헤매면서 돌아올 때 장지 너머에서 아사무라 군의 목소리가 들렸다.

훔쳐볼 생각 따위는 안 했다.

다만, 어쩐지 다가갔을 뿐이다.

목소리가 확실히 들린다.

늠름한 목소리로 말하고 있었다.

엄마랑 타이치 새아버지랑 결혼한 것에 대한 불만은 없다, 라고.

그것뿐이 아니다. 그는 내 변호까지 해주었다. 어떤 경위로 그런 말을 하게 된 건지는 모른다. 그러나—.

상냥하고. 성실하고. 노력가다. 그렇게까지 말해줄 줄은 몰랐다. 나는, 그런 대단한 인간이었나 불안해질 정도였다.

기뻤다.

동시에 무섭기도 했다.

나는, 호감을 사기 위한 훈련은 안 했다.

나를 공격하려고 틈을 노리는 상대에게는 「무장」을 하면 된다.

하지만, 나랑 친해지고 싶다고 생각하는 상대에게 호감을 사는 준비를 한다, 라는 발상은 해본 적이 없었다.

혼자서 살아갈 수 있도록, 그렇게 생각했으니까 당연하다.
누군가와 친하게 지낼 필요성 따위 느끼지 않았으니까.
그것이 무너진 것은 아마도 반년 전.
아무것도 기대하지 않을 거니까, 나에게 아무것도 기대하지 말아줘.
그렇게 아사무라 군에게 선언했을 때는, 그에게 호감을 사려고 생각하지 않았다. 그러기는커녕 타이치 새아버지와 원만하게 지낸 것은 엄마의 행복을 망가뜨리는 게 무서워서, 그뿐이었다.
하지만, 아사무라 군은 내가 말한 간격 조정의 계약에 응해줬을 뿐 아니라, 천천히 시간을 들여서 꼼꼼하게 대화를 해주었다.
나는 어느샌가 그를 좋아하게 됐고, 타이치 새아버지도 엄마의 결혼 상대라는 것뿐이 아니라 좋은 사람이라는 것을 이해하게 되었다.
그때부터 조금씩, 좋아하게 된 상대인 사람이 소중히 여기는 사람을, 나도 소중히 여기고자 생각하게 됐다.
이번에 새아버지의 귀성도 이유를 들어 도망칠 수 있었을 거야.
공부를 해야 하니까도 좋고, 알바를 해야 하니까도 좋다.
아마, 가기 싫다고 말하면 억지로 데려 가지 않았을 거야.
가고 싶다고 내가 말했다.

새아버지가 오는 차 안에서 말한 것처럼, 가족 넷이서 여행하는 건 앞으로 여러 번 할 수 있다고 장담 못한다. 그리고 새아버지가 나가노의 친가나 친척들과 친하다는 것은 엄마한테도 들었다.

좋아하는 사람이 좋아하는 사람은, 가능하다면 좋아하고 싶고 좋아해주면 좋겠다.

하지만, 피가 이어지지 않은 거리가 먼 친척과 교제하는 것은 내가 처음에 생각한 것 이상으로 어려웠다.

재혼 상대의 친척이라는 거리감으로, 외부인인 우리가 직접 간격 조정을 하기 어려운 때는 상호이해에 시간이 걸린다. 그동안 방패가 되어 도와주고, 친척이라는, 가족보다도 한 단계 커다란 커뮤니티에도 익숙해질 수 있도록 한다— 그런 「방파제」 역할을 해주는 사람이 필요하다.

아사무라 군은 이번에, 그 「방파제」가 되어주었다.

혹은 「완충재」일까? 아마, 그 자리에 있던 타이치 새아버지도 마찬가지.

덕분에, 의붓 할아버지의 엄격한 시선은 아마도 내일부터 조금 부드러워질 거야. 편견 없이 대해주기만 해도, 나는 긴장을 줄일 수 있다.

물론 그것은, 그가 내 친척과 만나게 될 때 내가 방파제가 되어야 한다는 것이기도 하지만.

혼자서 살아가리라고 결심했는데, 어느새 누군가의 옆에

서 걷고 싶다고 생각한다. 누군가의— 아사무라 군 옆에서.

방 밖에 의식을 집중하자 복도는 휑하니 조용하고, 사람이 다가오는 낌새가 없었다. 엄마도 새아버지도 친척과 어른들끼리 대화를 하느라 바쁜 거겠지. 지금 이 방에는, 나랑 아사무라 군밖에 없다.

두르고 있던 이불을 살짝 걷어내고 기어서 그의 이불에 다가가, 그의 어깨를 살짝 만졌다. 간격 조정을 하지 않고 일방적으로 몸을 만지다니, 나답지 않다고 생각했다. 하물며 언제 부모님이 볼지도 모르는 상황인데.

나는 그저 자신이 그러고 싶다는 제멋대로인 마음으로 그의 이름을 중얼거렸다.

"고마워, 유우타 군."

한없이 제로에 가까운 거리에서 커다란 등에 다가가, 손바닥을 통해 따스함과 사랑스러움이 몸 전체에 흘러 들어오는 것 같았다.

녹은 얼음의 결정처럼, 이성은 울퉁불퉁한 광물처럼 못생긴 형태로 마구 일그러져 버렸다.

그러나 지금은, 그런 일그러짐도 사랑할 수 있을 것 같아서. 몸이 굳어진 아사무라 군이, 당황하면서도 내 이름을 마주 부를 때까지 영원에 가까운 몇 초 동안, 나는 그의 몸을 만진 채 계속 움직이지 않고 있었다.

■ 작가 후기

소설판 「의매생활」 제6권을 구입해주셔서 감사합니다. YouTube판의 원작 & 소설판 작가인 미카와 고스트입니다. 이번 후기에서는 누가 뭐래도, 「그 뉴스」를 언급해야 할 겁니다.

—그래요, 애니화입니다. 요전에, 「의매생활」 시리즈의 TV 애니메이션화가 결정됐습니다. Youtube판의 캐스트진도 유지된다는 최고의 형태로 애니화 발표. 이 멋진 이야기를 여러분께 전해 드릴 수 있어 대단히 기쁩니다. 이게 모두 오늘까지 「의매생활」을 지탱해주신 여러분 덕분입니다. 정말로 감사합니다. 방송까지는 아직 시간이 걸립니다만, 그 날이 오는 것을 기대하며 기다려 주세요.

인사입니다. 일러스트의 Hiten 씨, 성우 나카시마 유키 씨, 아카사키 코헤이 씨, 스즈키 아유 씨, 하마노 다이키 씨, 스즈키 미노리 씨, 동영상판의 디렉터 오치아이 유우스케 씨를 비롯하여 Youtube 판의 스탭 여러분, 담당 편집자 O 씨, 만화가 카나데 유미카 씨, 모든 관계자 여러

분, 그리고 독자 여러분. 언제나 정말 감사합니다. —이상, 미카와였습니다.

■ 역자 후기

안녕하세요? 또 불초역자입니다. 이번 후기에서는 누가 뭐래도, 이것에 대해 언급해야겠다고 생각했습니다.

—그래요. 바로 그겁니다. 세상에는 초간장이라는 게 있거든! 어허. 어찌 세상에 간장과 식초만 있다고 생각하는 것인가! 이 세상을 흑백논리로만 보면 안 되는 것입니다! 세상에는 충분히 융화될 수 있는 것들이 있는 법이죠. 암요. 끄덕끄덕.

「의매생활」은 역자에게 참 묘한 작품입니다. 작중의 계절이나 핼러윈 같은 이벤트가 실제 작업 기간이랑 겹치는 경우가 많아요. 이번 경우는 계절은 차이가 나게 되었지만, 작업 시작이 대략 역자의 생일 즈음이었다는 묘한 우연이 또 있었습니다. 허허허.

생일이라고 하니 또 생각나는군요. 사실 크리스마스는 동지에서 유래됐습니다. 본래 동지라는 건 전 세계 온갖 태양신들의 생일이거든요. 그날부터 낮이 길어지기 시작하니까요. 그런데 음력이라 날짜가 일정하지 않으니까 양력의 12월 25일로 날짜를 정하고서 예수님의 생일이라고 한 게 크리스마스란 말이죠. 다시 말해서, 크리스마스가 다가오면 열리는 슈퍼 태양신 대전에서 2023년 동안 승리한 디펜딩 챔피언이 바로 예수님이란 것입니다.

갑자기 크리스마스가 라나 아폴론이나 미트라의 생일이 되거든 아마 예수님이 명예의 전당에 들어서 은퇴하신 거라고 생각하면 되겠습니다.

그럼 또 만나요!

의매생활 6

초판 1쇄 발행 2024년 5월 10일

지은이_ Ghost Mikawa
일러스트_ Hiten
옮긴이_ 박경용

발행인_ 최원영
본부장_ 장혜경
편집장_ 김승신
편집진행_ 권세라 · 최혁수 · 김경민 · 최정민
편집디자인_ 양우연
국제업무_ 박진해 · 전은지 · 남궁명일
관리 · 영업_ 김민원 · 조은걸

펴낸곳_ (주)디앤씨미디어
등록_ 2002년 4월 25일 제20-260호
주소_ 서울특별시 구로구 디지털로32길 30 코오롱디지털타워빌란트 1305호
전화_ 02-333-2513(대표)
팩시밀리_ 02-333-2514
이메일_ lnovellove@naver.com
L노벨 공식 카페_ http://cafe.naver.com/lnovel11

ISBN 979-11-278-7538-1 04830
ISBN 979-11-278-6510-8 (세트)

값 8,500원

L NOVEL
15세 미만 구독 불가
하네다 우사
USA HANEDA
일러스트 / U 35
일주일에 한 번
클래스메이트를
사는 이야기
~두 사람의 시간, 변명의 오천 엔~